Eccomi ci sono ancora

Gina Scanzani

Eccomi ci sono ancora

Diario testimonianza di una inguaribile esperienza

Youcanprint *Self-Publishing*

Diario quotidiano autobiografico con versi , pensieri, poesie, in un preciso periodo della vita.
I miei pensieri, un anno di corse rincorrendo il tempo che non avrebbe atteso.

Sogno
sogno infranto,
come un incubo vissuto,
io che nel sonno ti aspettavo,
nel sonno mi hai sorpreso

Titolo | Eccomi ci sono ancora
Autore | Gina Scanzani

ISBN | 978-88-91178-76-3

Youcanprint Self-Publishing
Via Roma, 73 – 73039 Tricase (LE) – Italy
www.youcanprint.it
info@youcanprint.it
Facebook: facebook.com/youcanprint.it
Twitter: twitter.com/youcanprintit

PRESENTAZIONE

Questo libro, un racconto diario, riporta momenti di vita vissuta, stati d'animo incredulità paure e incertezze, si avvale di intermezzi di poesie che ricalcano lo stato d'animo, supporti di grande intensità emotiva.

Il racconto ha inizio nel maggio 2012, quando sulla strada mi imbattevo nella terza maratona della mia vita. Era lontana l'idea di trasformare il diario in un racconto, ma presto divenne una necessità.

Andava scritto e documentato ciò che vivevo, quanto stava accadendo non doveva rimanere insoluto, così la decisione di perseguire e scrivere il libro.

Non avevo minimamente idea su come si scrivesse un libro, arrivavo dai diari, senza competenze né esperienze, ma con una grande forza di volontà.

La sfida è stata difficile, il raccontare con parole semplici le situazioni difficilissime che sono capitate nel corso di un intero anno. Racconto di esperienze proprie che vorrei fossero di aiuto a quanti devono affrontare grandi prove nella vita.

Il mio desiderio che questa testimonianza possa servire ad essere di aiuto a chi attraversa momenti difficili come quelli che ho attraversato io. Ho premesso maratona, poiché per me così è stata, tutta la vita in fondo è stata una maratona, una corsa lunga e difficile, iniziata con la nascita, critica anche quella.

Negli ultimi anni, la scrittura è divenuta cardine essenziale della mia esistenza, aiutandomi moltissimo e, non vi è cosa più bella come sentirsi appagata dei propri scritti. Scrivere mi ha aiutato innanzitutto a non farmi sentire sola, la solitudine si è allontanata con la scrittura e la penna è diventata la mia confidente amica. Al suo fianco ho combattuto, facendo emergere dalla mia anima gioie dolori, sentimenti contrastanti e, dando forza alla mente ho superato grandi ostacoli.

Nell'ormai lontano 1997, mi fu diagnosticata e riconosciuta una malattia rara, sclerosi tuberosa, comincia in quel momento il mio rapporto intimo con i miei quaderni, unici e soli confidenti. Con una penna in mano ed un quaderno mi ritrovai in una stanza di ospedale, la scrittura divenuta così da quel momento e nel tempo una specie di terapia, dalla quale non mi sono più staccata. Ovunque vada il quaderno viene con me, come un amico fedele e custode delle mie emozioni, dei miei repentini cambiamenti di umore, rileggendomi trovo sempre un piacere enorme.

La sclerosi tuberosa, ancora in fase di studio, è una malattia complessa perché colpisce organi diversi tra loro per struttura e funzione, pericolosa ed infida, spesso i sintomi sono mascherati e fanno pensare ad altre patologie. Colpisce tutte le mucose, con prevalenza sul sistema nervoso. Produce altresì forme tumorali, a me purtroppo non ha negato nulla, fibromi della pelle, angiomi di varia natura, cutanei, renali, delle mucose; calcificazioni cerebrali, tumori della pelle, del sistema nervoso. Con me la natura è stata particolarmente cattiva e maligna, i tumori legati alla sclerosi, in genere benigni, nel mio caso si sono trasformati in tumori maligni.

A tal proposito, ritengo la divulgazione delle proprie esperienze un tramite importantissimo, per questo mi sono impegnata nella scrittura e diffusione di questo mio diario, anche se la qualità degli scritti, equivalgono a quelli di una scrittrice naif.

Questo racconto inizia a maggio 2012, quando mi sono trovata di fronte ad una prova difficile, di coraggio, ne avrei fatto volentieri a meno, sto ancora combattendo. Una cosa più grande di me, spaventosa e tremenda. Sembrava un controllo di routine, una delle tante visite, visite che nascondono sempre amare sorprese.

Da questo grande dramma, affiora il rapporto con mia madre e altri pochi familiari. Non sono stata lasciata sola, in questi frangenti e la presenza di qualcuno che sappia capirti con il cuore è vitale. La battaglia o meglio la guerra che combatti si riesce ad affrontare meglio, se supportata, e affiancata con tutte le forze che possiedi comprese le presenze positive e gli affetti che ti circondano.L'ho chiamata guerra perché di guerra si tratta! Ogni cinque anni il cancro mi è venuto a fare visita, sembra quasi un appuntamento cadenzato! In quel 2012 veniva alla luce una recidiva, un'altro abisso si parava davanti. Ho avuto l'assoluto bisogno di raccontare quello che stava accadendo di nuovo, un bisogno quotidiano, questo è il diario giornaliero dei miei sentimenti, il dialogo giornaliero con me stessa.

Ci tengo a precisare che questo libro l'ho scritto in primo luogo per me stessa, ma vorrei che venisse letto anche da altre persone, come una testimonianza diretta e sofferta di un anno molto difficile. Mi piacerebbe che a leggerlo fossero gli stessi che soffrono di sclerosi tuberosa... ma anche da coloro che non sanno neppure della sua esistenza, per i primi vorrei servisse d'aiuto, che li spronasse nel coraggio di lottare, per gli altri perché si possano rendere conto di quanta sofferenza e coraggio ci sono, dietro tante parole tra noi malati.

La patologia di cui soffro è una malattia rara, non è l'unica, ma una difficile, cattiva e imprevedibile, non si guarisce, ma con l'aiuto di medici competenti, intelligenti ed umani si può combattere, una lotta quotidiana senza quartiere.

Lo psicologo è una figura essenziale, un aiuto indispensabile, ne ho avuto la fortuna di incontrarne due incredibilmente in gamba; una scienza difficile, non è risolutrice assoluta dei problemi, ma certo come nel mio caso, è stata un aiuto molto forte per superare tutti quegli ostacoli che ho incontrato nella vita. "La psicologia è per me una carica di energia, una mano che mi conduce fuori dal caos, sa farmi vedere la luce, sa aiutarmi ad uscire dal buio del male che mi attanaglia."

Qualcuno leggendo queste righe si riconoscerà in parte, perché la sclerosi tuberosa non ci rende uguali neanche nella malattia. Un racconto diretto senza troppe ricercatezze, una narrazione cronologica di quanto accadutomi. È ovvio che quello che scrivo è tutto legato alla mia patologia di base, alla mia storia.

Durante la mia vita sono stata colpita da una serie di tumori tutti diversi tra loro, si sono presentate recidive che però hanno assunto una forma più aggressiva, ho sempre combattuto e continuerò a farlo, sento di poter guardare avanti al futuro.

Lo svolgimento di questo racconto è nella forma di diario quotidiano, i capitoli saranno rappresentati dai miei stati, ci saranno, quindi, capitoli brevi, per la brevità delle emozioni per le tristezze oppure semplicemente per non aver voglia di dire e scrivere molto. sarà un io narrante legato allo scorrere della vita e dei suoi giorni, memorabili (pochi), normali (molti) oppure semplicemente vuoti (i restanti).

Ogni giorno a casa, in ospedale, anche in strada mentre ero in attesa di un autobus, ovunque scrivevo, era, ed è, la mia valvola di sfogo, il mio modo per descrivere ciò che osservo intorno a me, la vita si svolge ed io la descrivo con le mie parole, con i miei pensieri, con le mie fantasie e le mie poesie. La scrittura mi ha aiutato a combattere la depressione, l'oscuro male che ti prende senza che tu te ne accorga, i diari hanno impedito di entrare nel vortice scuro della depressione. Mi hanno aiutato a capire il valore della vita, semplicemente descrivendola dal mio punto di vista.

Vorrei che quello che scrivo possa essere da stimolo anche a chi vive la depressione, che lo aiuti a risalire la china, come è stato per me, un sostegno morale, un aiuto.

Da ora in poi inizia quello che è il diario dei giorni.

Diario di bordo

Non avrei mai creduto di scrivere un libro su un tale argomento così scottante, alla fine nel corso del tempo, è divenuta una necessità del mio stesso animo, che ha voluto scrivessi. Scrivere una testimonianza sul proprio vissuto, non è affatto semplice, né facile raccontarsi in questo testo, quale resoconto dei giorni vissuti nel tormento nell'ansia, tra paure trepidazioni ed incertezze, insicurezze e preoccupazioni, che la mente macchinava.

Il diario di bordo è un racconto, una raccolta di pensieri e stati d'animo di suggestioni ed emozioni che la paura spesso ci lascia immaginare intravedere senza capire, ci lascia leggere tra le righe anche cose inesistenti. Un racconto non facile da capire e da leggere, come non facile è stato raccontarlo, più che altro lo ritengo un dialogo aperto con me stessa.

Una narrazione questa, di un fatto personale, che ho voluto raccontare, per approfondire attraverso quest'ultima avventura, la mia attuale esperienza sulla mia malattia. Un'esperienza non proprio esaltante, ma tristemente vera come la persona che vi parla. Tutto quanto riflette e rispecchia la realtà, troppe volte ignorata; in questo diario solo frammenti di vita, che indicano come sono uscita da questo brutto sogno, semplicemente raccontandomi in questo libro.

Ragguaglierò su come ho trascorso l'anno, dal momento in cui il mostro ha bussato alla porta.

Giungeva la primavera, maggio bussava alle porte io iniziavo le mie corse. Una maratona ad ostacoli tra ospedali, casa, emozioni, frustrazioni che si |confondevano e si perdevano in aria, tra colori e musiche primaverili.

In questo anno mi sono impegnata molto nella scrittura, divenendo questa un vero punto di forza, un'alleata, un appoggio dove potevo scaricare una parte di questo enorme peso, le mie tensioni, liberarmi da quei pesi che mi schiacciavano come macigni.

Scrivere è sempre stato un mio diletto, da bambina ho sempre amato la poesia e l'arte in genere, hanno sempre avuto un posto primario nel mio cuore. La scrittura è cresciuta con me, si è rafforzata, sempre stata presente in ogni momento di crisi della mia vita, essa è riaffiorata con più tenacia, ho ricorso più volte ad essa come ad una terapia, ed anche questa volta non ne ho potuto fare a meno, la penna non mi ha mai lasciato sola.

Ho scritto molte poesie, non nascondo che sono esse il mio vanto principale. Credo che talvolta basterebbe saperle interpretare, per scoprire l'animo di chi le ha scritte, ma non sempre si è aperti a ciò, la poesia sa dare molto a chi scrive e chi legge, sa riconquistare un animo ferito e, farti scoprire un mondo tutto nuovo.

Dunque non racconterò la sofferenza la mia esistenza, attraverso il vissuto quotidiano, ma anche attraverso il racconto, attraverso la forza e la tenacia che mi hanno supportato e spinta a scrivere questo diario.

Per me questi pensieri, questi scritti, queste poesie, sono voci, che sono state vicine mi hanno rafforzato giorno per giorno, mi hanno fatto compagnia, e hanno insegnato ancora una volta ad amarmi, ad avere il coraggio e la forza di andare avanti per arrivare ad oggi.

Alle sorprese ero da tempo abituata, di tanto in tanto usciva fuori qualcosa di nuovo, qualche nuova pista da seguire, qualche tratturo da percorrere, ma ancora non mi ero avveduta che in aria una cruenta perturbazione si stava levando. Silenziosa si preparava per abbattersi su di me, ignoravo tutto, ancora non me ne ero accorta.

Il tempo si stava preparando, stava cambiando e con esso mi prestavo a cambiare anch'io. La primavera pian piano si svegliava, si sentivano profumi levarsi in aria, la stagione era bella e piena di colori.

La natura iniziava a trasformarsi, era una gioia ammirare intorno a me, osservare come la ruota piano girasse mentre il tempo scorreva. Mi ha sempre attratto la natura, credo non vi sia poesia più bella, che osservare un fiore sbocciare, vedere un passerotto prendere il volo, una pianta germogliare, frutti acerbi in cerca di sole, emozioni semplici come semplice sa essere la gioia di amare, la gioia di vivere.

La primavera tutta una giostra di colori, nonostante la natura fosse alquanto bizzarra, proseguiva la sua strada, incontrando cinguettii germogli fiorati ed anche tempeste improvvise.

Un pomeriggio di maggio si alzò un vento secco, tirava aria di tempesta, si fece quasi notte.

Ciò nonostante mi avviai camminando verso il paese, dove un appuntamento di routine mi aspettava. Camminando, giunsi allo studio dentistico, dove ero attesa per la consueta pulizia dei denti. Ero solita effettuare una corretta igiene orale, come un rigore imposto, un qualcosa che andava fatto ogni quattro sei mesi, per essere sempre più possibile curata.

Tutti questi richiami presero il via dopo il secondo tumore al cavo orale, per il quale cinque anni prima venivo operata.

La ragazza che intenta procedeva all'igiene, durante il suo lavoro si insospettì, mi chiese perplessa:

"Ascolta, da quanto tempo che, non vai più dal tuo oncologo a farti vedere?"

Io risposi:

"Be veramente, ho saltato più di qualche controllo ultimamente!"

lei seria:

"Secondo me è il caso che ti fai rivedere!"

Tergiversai un poco con lei non le diedi ascolto, anzi il consiglio mi passò di mente!

Terminato il lavoro, mi incamminai verso casa, non dissi nulla a mia madre, anzi lasciai scorrere nel dimenticatoio.

Trascorse quasi un mese, dal giorno che venni avvertita, era la fine di maggio, come per magia si risvegliò un qualcosa in me, qualcosa che era stato preventivamente accennato, da quel giorno ho iniziato il mio cammino impervio e tortuoso che mi ha accompagnata ai giorni nostri.

Devo ammettere però che ci aveva visto bene la ragazza, solo che io non dandole ascolto spettai, così giorni dopo accusai i primi malori.

Questi ricordi resteranno per sempre nelle menti indelebili, diversamente come potrei dimenticarli!

Quella mattina di maggio, subito appena sveglia, mi alzai dal letto, una volta entrata nella vecchia cucina, mi avvicinai alla finestra aspettando da mia madre il suo consueto buongiorno.

Una volta destata, presi il caffè, poi la solita colazione fredda, cercai di svegliarmi, ma non riuscivo ad essere sprint come sempre, qualcosa non andava.

Non fu un bellissimo buon giorno, ero diversa molto abbattuta, mia madre notò subito che qualcosa non andava, ad ogni modo attese, non voleva sembrare troppo invadente, aspettò che fossi io a fare il primo passo.

Ripeto, sembrava un mattino qualunque, ma così non lo fu. Era una domenica di maggio, ancora non molto caldo, la bella stagione dava segni di vita, come solo la primavera sa dare, segnali di rinascita, risveglio dal torpore invernale.

Splendeva il sole quel mattino, la mattinata raggiante andava incontro ad una splendida giornata, ad un cammino ricco di sorprese, del tutto ignara di ciò che mi dovesse accadere.

Quel mattino ero confusa frastornata, sembrava un risveglio in tutti gli effetti, anche di cose per me poco gradite, quel ricordo quel risveglio lì, lo avrò sempre con me, anche in queste righe, ma soprattutto nel mio cuore.

Spesso mi alzavo dal letto che somigliavo ad uno zombi, al mattino, ma quel giorno lo ero di più, proprio non capivo cosa mi stava succedendo, mi sentii grattare in gola come se avessi un rospo.

Mi avvicinai a mamma e le chiesi:

"Mamma che mi guarderesti cosa ho in gola?"

Senza perdere tempo mia madre guardò e mi disse:

"Non mi piace, sarà il caso di farci vedere!"

Seguitò:

"Domani chiameremo l'oncologo il chirurgo, che ti ha operato e ti fai vedere, ti fai un controllo!"

Io le risposi:

"D'accordo mamma, non c'è da scherzare!"

Difatti mi sentivo soffocare, quasi da non riuscire più neanche a parlare, tanta era la difficoltà che provavo in quel momento, come se avessi un nodo, qualcuno che mi cingesse con le mani come a volermi strozzare. Mia madre mi guardò e, in fondo al palato una piccola placca bianca emerse, questa suonò per noi come un campanello d'allarme.

Quella papula localizzata sulla cicatrice dell'altro intervento, ci ricordò come era insorto il cancro cinque anni prima, stesse modalità, stessi avvertimenti, ma questa volta su una zona già colpita da adenocarcinoma alle ghiandole salivari minori.

Visita e primo d.h.

Un pensiero risuona,
come un eco lontano,
suonano sirene.
(15.agosto.2013)

Non perdemmo tempo, il lunedì seguente al mattino si chiamò l'ospedale dove ero stata operata, l'infermiere rispose al telefono mi riconobbe, fissò un appuntamento per visita di controllo con il professore, al mercoledì successivo.

I giorni volarono, giunse il mercoledì si andò di buon mattino alla visita in ospedale. Dovevamo fare i conti con la lista d'attesa, non esistono vie preferenziali in quei luoghi. Non ero l'unica che aspettava, in molti come me ad attendere il loro turno, ma pian piano le lancette si spostarono, con esse il tempo volò, venni chiamata e visitata. Da una prima analisi obiettiva, il professore disse:

"Signorina, secondo me si tratta di lesione benigna, probabilmente relativa alla sclerosi tuberosa!"

Una volta a casa la frustrazione era al top, volevo conoscere di più su questo tipo di lesione, spinsi così la mia curiosità alla ricerca di casi analoghi al mio, attraverso tutta una serie di approfondimenti mi urgeva sapere quanto prima cosa fosse quella lesione.

Iniziai da internet, poi chiesi ai miei dottori, domandai ad altri amici se conoscevano questa lesione, infine telefonai anche all'ambulatorio Malattie Rare. Tutti risposero allo stesso modo, è solo una lesione benigna, naturalmente c'erano anche persone che non conoscevano questo termine, per la prima volta lo sentivano pronunciare da me. Presto mi accorsi che le ricerche erano vane, così mi rassegnai ed aspettai che gli eventi parlassero.

Le viste intanto si ripetevano nell'istituto, era stato deciso di eseguire un esame bioptico sulla lesione. Ma chi avrebbe immaginato che l'immaginabile ancora doveva sorprendere!

Intanto la tempesta mi stava colpendo appieno, ma non aveva ancora centrato l'obiettivo. Piano avrebbe travolto tutto.

Un giorno in ospedale, mentre si procedeva a completare la cartella clinica, per mano di un dottore, che con estrema premura raccoglieva i miei dati, in previsione della biopsia, questo mi chiese di mostrarle dove fosse localizzata la lesione (discleratosica) in questione.

Le mostrai la lesione, la sua attenta osservazione, mi riportò ad un'indagine suppletiva della lesione stessa.

Terminata la cartella uscii dall'istituto, raggiunsi la macchina e mia madre, mi prestavo a ritornare a casa. Ma in quel preciso istante, appena varcato il cancello, suonò il cellulare, era il professore che, mi richiamava all'interno dell'istituto.

Ritornai dentro, ad attendermi i due medici che, volevano sincerarsi dei dubbi, che l'altro aveva avuto, richiamando a tal proposito l'attenzione del professore. Insieme decisero ché potessi eseguire tutta una serie di ulteriori accertamenti preventivi.

Un grosso problema si presentava innanzi a noi, ed ora andava verificato con una TAC. Prescrissero l'esame, da fare con estrema urgenza, presso un ospedale affiliato, per andare più a fondo, così da ultimare l'indagine in corso.

Il giorno seguente mi recai nell'ospedale cui ero stata inviata, ed eseguii l'esame TAC. Dopo cinque giorni ci diedero il referto da far leggere al professore.

Nel frattempo ritornai a visita, dopo un'attenta valutazione mi dissero come sarebbero proseguiti, ma in quel mentre uno dei due medici si espresse in questo modo:

"Signorina, speriamo non si tratti di una displasia!"

Io, chiesi loro:

"Cosa è una displasia dottore?"

Loro risposero semplicemente:

"Speriamo di sbagliarci signorina!"

Incredula ed esterrefatta da queste parole, uscii da quello studio ritornai verso la macchina diretta a casa. Trascorsi il mio tempo cercando in internet i significati delle parole, pian piano che emergevano nuove, casi attinenti con la mia malattia, ma nulla di attendibile.

In quei giorni venne stabilita, anche la data per la biopsia che, mi venne in un primo momento richiesta. La biopsia non fece vedere nulla, anzi asserì che in quella sede non c'era nulla di anomalo.

La TAC sciolse ogni dubbio, infatti, l'esame evidenziò il peggiore dei sospetti, facendo vedere una massa tumorale, nella regione mascellare. Era quella la sede dove precedentemente avevo avuto l'altro tumore, un adenocarcinoma alle ghiandole salivari precedentemente rimosso dallo stesso professore.

Questa volta necessitavo di ambienti e strutture diverse, in quanto il tumore aveva intaccato l'osso, così mi venne chiesta l'urgenza per un'operazione imminente, con sollecita rimozione della massa stessa.

Il giorno che rivelarono che avevo un tumore, un giorno indimenticabile, come non potrebbe, il professore prese la TAC per studiarsela con un suo collega radiologo. Dopo più di un'ora risalì dalla radiologia, con l'esame sotto il braccio e ci convocò.

Una volta nella stanza, il "professore" fece rapporto di quanto le immagini nella TAC riferivano in merito.

Dopo averci ampiamente delucidato, impugnò una penna prese un foglio bianco, e preparò una lettera di presentazione intestata a me, scrupolosamente mi inviava a suo nome, presso una struttura molto più all'avanguardia e più organizzata.

Venni inviata da un suo carissimo collega, in un uno dei poli di eccellenza per la cura dei tumori, oggi all'avanguardia per questo ed ogni altro tipo di interventi, il più importante nella capitale. Non c'era tempo da perdere. Lo spavento, la paura in quel momento avevano coperto la mia anima impossessandosi di me.

Prima visita

Sono paziente,
il tempo è fermo,
alla deriva un sogno.
(15.agosto.2013)

La tempesta era arrivata, ora con tutta la furia si stava abbattendo su di me. Aveva iniziato con tutta la sua forza a spaventarmi, cercava di indebolirmi di impaurirmi, ma sapevo che avrei dovuto sopportare quel disagio per sopravvivere, finché non si fosse scritta la parola fine su questo diario.

La perturbazione era sopra ed iniziava a travolgermi, non sapevo da che parte parare, in qualsiasi direzione guardavo vedevo il dramma, le lacrime al vento come un portento nella confusione erano trascinate.

Ma essa era appena iniziata, una tempesta che dentro di me sentivo, mi aveva condizionato ed ora iniziava ad abbattere, la dove ero più debole. Con tutte le forze mi trascinai al riparo, cercando di eludere la sua forza, di continuare il mio cammino, seppur travagliato fosse, dovevo credere che la vita andava avanti.

Quella mattina, andai alla prima visita in ospedale, dove mi aveva inviato il professore. In quella sede in un primo istante ci diedero poco ascolto, poi una volta letta la lettera e la provenienza, ha prestato più attenzione al caso.

Così ci spiegarono in cosa consistesse l'intervento, in cosa mi sarei imbattuta, ma sul momento non riuscii a capacitarmi, non riuscii a somatizzare l'accaduto.

Per come ci veniva descritto ed illustrato l'intervento ne sarei uscita sfigurata.

Me tapina! Chi avrebbe avuto più il coraggio, di guardarsi in faccia? Di affrontare la realtà, se vero che sarei stata sfigurata?

Dopo circa due ore di colloquio, dire che mi fosse venuto il magone era il minimo! In ogni modo non credevo ad una simile evidenza, ero troppo impaurita e confusa.

Ero totalmente impreparata, che non credevo a quelle parole, ero sconcertata disperata, non fu difficile cadere dentro un baratro, in un

18

vuoto una confusione, che mai potrò dimenticare. Naturalmente sorvolo i particolari anatomici che mi vennero detti, ed ora mi sembrano fuori luogo, che tanto mi hanno impaurito, ma vi assicuro sentire certe parole non è stato affatto piacevole.

Ero impreparata, queste nuove emozioni non ero in grado di fronteggiarle. Ogni mattino che mi alzavo dal letto, spesso senza parlare senza che nessuno mi offendesse, senza motivo alcuno scoppiavo a piangere, bastava veramente poco per scatenare in me una crisi di pianto.

Bastava sapere che c'era, ed era per me sufficiente a scatenare una crisi, altre volte era sufficiente vedere il sole in faccia, guardare mia madre, qualsiasi emozione ogni circostanza ogni situazione della vita, mi conduceva senza condizioni e soluzioni al pianto, non riuscivo più a controllarmi.

Siamo a metà giugno quando queste crisi hanno il sopravvento su di me.

Mi rattristavo, al solo pensiero di dover superare una così dura e importante prova per la vita, si trattava di vita o di morte, questo come ci era stato detto in un primo momento, tempo da perdere non avevamo, ed io temevo di non farcela di non riuscire in questa maratona e mi crogiolavo tra le lacrime senza reagire.

Ero trasformata anche come donna, il mio pensiero era sempre triste come un chiodo fisso era lì a vedere il peggio, cupe anche le mie poesie che erano una spia del mio malessere del mio stato d'animo, delle mie frustrazioni introspettive piene di amarezza incertezza, di quella paura che tanto mi attanagliavano la mente.

In questo ritaglio di tempo, era terribile dover coniugare la vita presente con la serenità, qualsiasi emozione, stato d'animo mi imbruniva mi emozionava, come se mi vedessi catapultata dentro uno specchio e, nelle lacrime rovesciavo il malcontento.

Le visite non si fermarono, avevo iniziato un cammino vorticoso, dovevo assolutamente giungere in fondo, la mia strada stretta, piena di buche impervie, ma in questo percorso mai stata sola, come per il resto della vita, con me sempre lei mia madre, i miei famigliari ed amici alleati di una vita che si combatte stando solamente uniti.

Non ho mai amato le sorprese che mi giungevano da una visita, un controllo in ospedale, sono sorprese a cui non ti abitui mai, sempre pronta con il piede di guerra pronta a sfoderare l'ascia e combattere nella malattia, da essa ho imparato a dover convivere e condividere, molte realtà non piacevoli e inaspettate.

Gli imprevisti e le sorprese sempre dietro l'angolo. Mi hanno effettuato gli esami richiesti dai medici, secondo i quali, il cancro ha camminato! Ora la paura più che mai una costante una realtà che vive nel mio malessere, nel mio stato d'animo.

Vorrei tanto svegliarmi da quest'incubo, fingere a me stessa che in fondo è stato solo un sogno. Che finalmente la tempesta è passata e brilla in cielo un arcobaleno, ma così non è, mi dovrò rassegnare all'evidenza, attendere il tempo, per ora non mi resta che, lo sfogo su queste righe.

Intanto il mio carattere si era nettamente chiuso, dialogando poco criticando tutto quello che mi vedevo innanzi, la mia vita era stata nuovamente stravolta da una tempesta interiore i cui conflitti, le idee i sentimenti le emozioni in guerra tra loro.

Non mi sono sfogata con amici, sui network scrivevo sempre meno, alle mie parole si era sostituito un muro silenzioso, ai giudizi delle persone non rispondevo.

Ero molto distante con la mente, troppo confusa, da dialogare e capirmi da sola. Spesso chiedevo, ma perché si tende a nascondere la verità dietro ad una tale evidenza?

Forse perché, l'evidenza è evidente solo ai miei occhi, quelli di chi vedono e realizzano, non quelli della gente!

Ho sempre cercato dentro di me la verità le risposte, la semplicità, mentre la falsità non l'ho mai sopportata e dalla mia persona l'ho bandita; riesco ad essere reattiva, più impulsiva concentrandomi di più su me stessa, senza contare su false carezze che incontro sulla rete.

Nessuno è tanto consapevole di se stesso, nella consapevolezza del rischio che si ha davanti, quanto noi stessi la nostra coscienza che ci detta le regole del gioco e del rischio in cui si va incontro.

Questo lo vidi quando in cerca di sostegno, gli amici che reputavo tali avevano sfoderato la loro indifferenza e superficialità, pochi rimasero fedeli, a quei pochi dico grazie.

Forse la risposta la sa dare il proprio io, che soffre in silenzio, muto cerca di affogare il dolore. Non è un dolore questo che facilmente ripara, ma un dolore che logora, un dolore che matura, un dolore che ci trasforma.

Come non mai, mi sentivo struggere, un nulla, orfana innanzi la vita. Pensai che un fazzoletto di carta avesse più consistenza della stessa mia anima, così impaurita, così spaventata, fragile, sola, ma in fondo coraggiosa, quello che provavo in quel momento nessuno capirà.

Mi sentivo scossa, ero talmente impaurita, che avrei ingigantivo tutto; la questione era una sola e certa, avevo molta paura e quella nessuno me la toglieva.

I giorni

Giorni come numeri,
annullati al vento,
vedo passare.
(15.agosto.2013)

All'insegna delle corse, durante l'estate mi accorgevo che le mattinate sono sempre più veloci, mentre ritrovavo i pomeriggi lunghi, carichi di ozio e noiosi. Buttata di qua e di la mi sentivo, come una pezza da spolvero che aspettava il suo turno, un tempo che si faceva attendere con ansia.

Ogni tanto a rompere la monotonia mia madre che con coraggio, mi spingeva ad evadere quasi sempre ci riusciva, spronandomi sapeva capirmi anche nel silenzio mi leggeva negli occhi.

Sopraggiunse l'estate e, tanto per cambiare gli ambulatori dove seguire gli esami, negli ospedali iniziarono a chiudere per ferie, per un momento mi sentii persa:

"Odio ed ora come faccio?" - Mi chiesi!

Poi un barlume, un lampo mi accese la mente e, un'idea mi suggerì. Come spesso dico, qualche anima nobile ancora esiste, ed è così che rivolgendomi ad essa, ho potuto eseguire tutti gli esami che mi erano stati richiesti dall'ospedale in cui mi avevano inviato.

È assurdo, spesso le persone più importanti ci sono semplicemente dietro le spalle, come un'ombra ad una distanza ravvicinata ci seguono. Così ho visto la mia neurologa, che contattata in extremis, si è fatta portavoce e promotrice, per il mio ricovero in clinica neurologica, dove attraverso un DH, mi ha fatto fare eseguire tutti gli esami richiesti dall'istituto tumori di Roma.

Avere vicino delle persone in gamba, che quando serve sai di poter fare affidamento su di loro, in questa società diviene un bene prezioso, così mi è apparsa la mia professoressa, preziosa alleata di una vita travagliata.

Lei che con le sue opere umanitarie mi ha sempre meravigliato, sempre capace di dare ai suoi pazienti quella fetta di bene, quella dose di amore necessario per la buona riuscita della nostra collaborazione.

Secondo me non vi è distinzione di ruolo, se tutti collaborassero allo stesso modo, ne gioverebbero sia pazienti che professori. Sulla buona collaborazione dei due sta la riuscita di tutto, dove si fonda un rapporto stabile e duraturo nel tempo.

Avevo molti esami da fare, la garanzia era data dal farli in ambiente ospedaliero per poi iniziare appena pronti, la de-ospedalizzazione presso il suddetto ospedale.

Non si perse tempo ed iniziai subito il DH, tra i primi esami da eseguire, vi era la RMN massiccio facciale, per poi seguire a ruota con gli altri richiesti.

Uno dei tanti episodi, accaduti opportunamente riportati in questo diario, si riferisce ad un incidente di percorso durante la RMN.

Mi trovavo in ospedale, stavo eseguendo la RMN, e come in tutte le cose non mancarono intoppi. Mentre eseguivo l'esame qualcosa non andò per il verso giusto. I tecnici radiologi dovettero sospendere l'esame, a causa di un riflesso metallico della capsula dei molari. Tutto da ripetere, in quanto il riflesso oscurava tutta la zona, la parte lesa, dall'esame, non veniva evidenziata.

Quel pomeriggio di luglio, una nube coprì la mia testa, una nuvola nera carica di pessimismo si stava scaricando su di me. Mentre uscivo dall'ambulatorio della RMN, venni travolta da un irrefrenabile pianto, che anche questa volta mi aveva preso di sorpresa, non mi aveva tradito, bensì dato ulteriore prova, a me non restava altro che scaricarmi in un pianto liberatorio. Continuai a piangere per tutto il tragitto, finché non si giunse a casa e, immediatamente accompagnata dal mio dentista di fiducia a rimuovere le capsule dei due molari. Al loro posto vennero messe delle capsule in resina, ché non dessero fastidio anche per altre ulteriori indagini a seguire.

Tutto da rifare, vivere in quell'ansia in un'attesa che non lasciava spazio alle idee positive, non è stato affatto un periodo florido. L'ansia, una nemica assoluta, si percepisce dalla voce, dallo sguardo, si capisce da ciò che scrivi, le rughe del viso ne danno visione. Incontrollata nemica di tutti i mali, non lasciava filtrare la luce nel mio cuore.

La paura

Tragici pensieri,
Annullano la vita,
Annegata nel tappo.
(16.agosto.2013)

Al mattino spesso mi alzavo confusa, molte volte con la testa come se si apriva. Un mal di testa non indifferente, intervallava ad un pianto furente e, un malessere generale. Sentivo picchiate alla testa, come fosse un martello che batteva, il dolore era talvolta insopportabile.

Spesso mi ritrovavo sola a pensare alle crisi epilettiche, avevo paura che mi prendessero, forse solo un momento di sconforto, di stress e nulla più, ma in quel preciso istante sapevo di vivere nella paura e tutto era concentrato nell'affrontare l'intervento.

Una paura che si stava prendendo gioco di me, tutto era così confuso, gli errori, la mente, la realtà, la vita, la malattia, che a volte sragionavo.

In quei giorni, mi inventavo soluzioni, cercavo escamotage, parlavo con amici, sentivo un bisogno insano di sfogarmi di essere capita e non compatita, quando altri ci provarono, compatendomi, mi sono sentita incompresa.

Alla fine mi ritrovavo qua, davanti al mio diario, sfogandomi sola scrivendo raccontando le mie sensazioni le mie percezioni, tutto ciò che stava balenando nella testa, riportavo a mia volta, come ad un amico a cui rivolgevo sempre l'altra guancia, con il quale dialogavo, il mio diario di bordo.

In questi giorni la mia mamma si è rivelata la persona a me più vicina, non che prima non lo fosse, sentivo di più la sua intima presenza. Mi piacque molto quando in una confidente chiacchierata mi disse:

"Ti può capire solo chi ci è già passato, questa per te è la terza maratona che fai di questo tipo nella vita, quello che posso dirti io, non ti abbattere!"

Ho ritrovato un dialogo molto intimo e bello con lei che nel tempo si era costruito un rapporto essenziale con la donna, la mamma, la per-

24

sona più bella di tutta la mia esistenza. Lei non si avvaleva solo di sentirmi parlare, le bastava uno sguardo per capirmi, de decisamente merito suo se oggi sono quella che sono nonostante tutto!

Aver saputo quanto detto, dal medico dell'Istituto Tumori, visitando e valutando gli esami, che tutto ciò non sarebbe stato semplice, né di facile convalescenza, mi aveva gettato in uno sconforto non indifferente, la confusione sempre più di casa!

La tempesta che si stava abbattendo su di me, andava in qualche modo arginata, l'unico appiglio che avessi era quello di andare da lui giunsi alla ferma decisione che dovevo rivederlo, andare a Roma dallo psicologo.

Che io ricordi, ha sempre centrato il problema con la sua parola, sempre provveduto a farmi ragionare, ora andavo aiutata per cercare una via di uscita, una soluzione ad un enorme problema, così cercammo insieme di uscire da una tormentosa tempesta interiore.

Mi conobbe diversi anni or sono, in un centro di ricerca molto valido in Italia, da allora ogni sei mesi o quando ne sento il bisogno, faccio sempre ricorso alla sua figura. In questa circostanza ero molto più motivata, in ogni modo non mi sento una paziente, ma un'amica che di tanto in tanto si fa una chiacchierata con un caro amico.

Il rapporto che si è creato tra di noi, ha sempre seguito una linea comune, ascoltando le sue direttive i suoi consigli sono riuscita ad uscire fuori da numerose disavventure, mi ha instradato ed aiutata come mai avrei creduto, se sto scrivendo questo testo è in parte merito suo.

Ritornando a noi, per stroncare le crisi di pianto, uscire da questo stato in cui versavo, ed avere una spinta verso il futuro, altra scelta non avevo che rivolgermi a lui.

Una persona questa, estranea ai fatti, l'unico in grado di capirmi, di guarire i tanti mali dell'animo, di interpretare il mio pianto strozzato, capace di darmi un aiuto ulteriore, prima del grande salto, prima che intraprendessi il cammino per la de-ospedalizzazione.

Ogni volta che ho ritenuto valido ed opportuno il suo aiuto, ho sempre collaborato per aiutarmi, per me andare dal mio psicologo è come andare da un amico. Già amico, perché con lui va oltre il semplice dialogo, un rapporto il nostro che si è instaurato nel tempo, oggi vale più di un semplice scambio di parole.

Scrivo queste righe, mentre sono suo studio mentre attendo d'essere ricevuta, so bene che se non ne uscirò nuova, di certo molto più rasserenata, più combattiva determinata, come tutte le altre volte.

Una volta entrata iniziai il mio dialogo, esternai le mie preoccupazioni le mie paure, parlai della mia famiglia, mi liberai del peso che avevo dentro, infatti, avevo molto da esternare.

Poi innanzi a lui, aperto il mio quaderno, dai miei diari lessi qualche pensiero, che al momento stavo scrivendo e, poi sulla base dei quegli scritti si ragionò insieme. Analizzammo il mio stato d'animo, poi con cautela e serenità mi ragguagliò sui fatti, dandomi anche dei validi consigli per l'imminente futuro.

Con la sua calma ed esperienza mi diede consigli che prestai a mettere in pratica, da brava paziente, eseguendoli alla regola. Sono felice e contenta di questo nostro dialogo, mai pentita, anzi qua in questo testo, ci tengo a ringraziarlo. Credo personalmente, fermamente che, la figura e la persona dello psicologo sia indispensabile, se non necessaria, sempre e comunque.

In conclusione mi consigliò vivamente di non smettere mai di scrivere poesie o altro, ché nei malati di cancro e non, sono la cura e la terapia dell'anima; se l'animo reagisce bene agli eventi emotivi, mi disse, anche il corpo reagirà di conseguenza alla mano dell'uomo alle varie terapie.

Sembrerà una banalità ma non lo è, sempre più convinta dell'Arte sia una terapia utile a tutti, alla mente per aprirsi e al cuore di parlarc.

Si concluse il nostro dialogo con una riflessione sulla vita: certe esperienze come il cancro, di qualsiasi natura esso sia, ci rendono a nostra volta più selettivi e sicuri di noi stessi, ci fanno comprendere e vedere il tutto con occhi diversi.

Subitamente non ero riuscita ad accettarmi, forse per autodifesa il mio Io rifiutava di accettarsi, sicuramente impaurita satura, stanca. La chiacchierata con lo psicologo era andata, da questa uscivo più serena, più consapevole, responsabile, e rilassata. Tutti segni positivi che, hanno rafforzato il mio animo teso e provato.

Ancora visite

La vita appesa,
corre sul filo,
della ragnatela.
(16.agosto.2013)

Ogni due giorni mi trovavo in ospedale, un via vai continuo. Quel giorno ero di nuovo là, gli occhi si socchiudevano mi avvertivano che avrebbero voluto dormire, ma svegli dovevano starsene per il D.H. Non sempre si può volere tutto dalla vita, spesso si deve cedere, lasciare il posto alle priorità, non si deve pretendere la luna, se vi è un problema esso deve essere affrontato, risolto senza piangersi addosso.

Nonostante ce la mettessi tutta, il pensiero ricorreva sempre il desiderio più grande per me, era di poter porre fine a questa ansia, sperando che il tempo mi volasse, ed io venissi operata quanto prima, tutto si risolvesse per il meglio, vincendo la mia bestia interiore, quella che più temevo, mostrando a me stessa di quanto coraggio fossi dotata.

Stavo scrivendo quando sentì uncinate sul palato trafiggere il palato, quasi a parlare, mi ricordavano che stava lì buono, non si era dimenticato di me, silenzioso mi rinnovava l'ansia che sussurrava al cuore.

Dopo cinque anni tra alti e bassi dall'ultimo tumore, mi ritrovavo con un sassolino nella scarpa che doleva, ma senza capire come fosse entrato.

In quei giorni, la notizia del mio malessere si diffuse e, casa mia divenne ben presto un porto di mare, un via vai di gente improvvisamente mi circondava. Persone che nutrivano un discreto interesse, per gli sviluppi della mia malattia. Seguivano quotidianamente, l'evolversi delle mie disavventure con un'ottima alleata, la curiosità.

Quando la vita ci pone dinnanzi a bivi, riesce più facile vedere lacune, quando si ha voglia di verità, di riscatto di libertà, e di certezze.

Lo specchio divenne un confessore, non riuscivo a sopportare provocazioni in quel momento. Fu allora, che mi vidi riflessa e riconobbi la mia anima rispecchiata in quella di molti grandi saggi, poeti pittori e artisti. Tutte persone sofferenti incomprese, che da morti hanno coronato la nostra cultura con il loro sapere, riempito tomi libri a sazietà con versi rime poesie opere pregne della loro sofferta vita, ma solo ora, da morti hanno avuto il loro riscatto.

I toni sono così carichi di sofferenza, leggo nelle mie righe e riporto nelle mie pagine talvolta anche incomprensibili a me stessa, tutto quello che è nella realtà, per me verità.

Finalmente, una sera si ruppe la monotonia. Un invito per uno spettacolo, un buon intermezzo a quella vita d'inferno. Nella serata dopo una giornata oziosa, tra pensieri ricorrenti, qualche chiacchierata qua e la, andai con mio cugino ad assistere ad uno spettacolo, molto bene articolato tra canti suoni balli danze poesia musica, il cui titolo "Voci di donne." Donne per il cambiamento.

Fu un modo per evadere e staccare la mente da quel chiodo fisso che tenevo. Nel contesto dello spettacolo si accennò a quei poeti saggi che da vivi furono reputati pazzi, oggi da tutti noi osannati.

Ma chiediamolo alla società odierna se veramente pazzi? Forse quei poeti avevano già intrapreso la strada del cambiamento.

In quel preciso istante mi venne pensato:

"Il cancro non è solo un cambiamento, ma bensì una rivoluzione, che nell'uomo si presta ad accelerare la marcia della vita e della propria conoscenza."

Questi appunti, dovrebbero meritare una lettura, una sosta e una riflessione appropriata. Tutti siamo capaci di leggere e scrivere, ma pochi, sanno affrontare la vita e afferrarne il concetto in situazioni del genere.

Il mio approccio con il network stava cambiando in modo radicale, iniziava a non piacere più, scrivere di me di quello che mi sta accadendo, dei miei fatti personali, sentivo che mi sarei sentita incompresa. Forse la mia visione era cambiata, vedevo la mia immagine sfruttata. Sembrava di mettere tutto al bando, anche se sapevo che non era proprio così. La realtà mi faceva vedere tutto con occhi diversi mi sentivo persa e sola in quel dato momento, che neanche io sapevo cosa effettivamente volessi da me stessa.

Ritrovo molta confusione nei miei pensieri! Un arcobaleno di colori, ma penso che in questi casi non conti il colore della carne, della pelle o del partito, in quei momenti si avrebbe bisogno di umanità di fiducia di serenità di pace.

Tutto questo non lo trovavo né troverò mai nei network, solo in una famiglia che sa amare, in una passeggiata sotto le stelle nel silenzio della notte, in una poesia scritta all'ultimo istante, nella parola rispetto. Nelle lunghe riflessioni a pensare al tumore, giunsi ad una conclusione, divenuta poi il mio cavallo di battaglia, il monito della mia vita: *"a ben pensarci il vero cancro non è il male che attanaglia l'essere umano, ma la società che con i suoi stigmi con le proprie lacrime, che riempie il catino per il male che lo travolge."*

Sia nella vita di ogni giorno, quanto nei network, volli si facesse poco chiasso intorno a me, diciamo pure una forma di scaramanzia, né tantomeno si chiacchierasse sul fatto che stavo male, quello che in assoluto ho pretesi fu il rispetto.

Quello che dovevo dirmi lo dicevo al diario. Ora con cercavo con questo testo, rendevo pubblici i fatti, le mie disavventure.

Ci volle poco per saziare la fame di curiosità, ma molto tempo per rimarginare le ferite dell'animo.

Ero scossa, ogni tanto il pensiero ritornava indietro, quel mattino un ritornello iniziò a tartassarmi:

"Ma sarà vero tutto questo?"

"Tutto ciò che i medici hanno premesso?"

"Non è che si sono sbagliati?"

Con la mente avrei voluto essere altrove oltre l'orizzonte, nell'infinito spazio, come in un sogno, in cerca di verità e certezza. Ciò che prova la mente umana in tali momenti, è semplicemente uno scorcio di realtà, un sogno che lascia in bocca un sapore amaro.

La vita

Una porta aperta,
La chiave inserita,
Apre l'anta.
(16.agosto.2013)

Alcuni pensieri che spesso ricorrevano, altro non erano che domande, quesiti che ponevo anche a mia madre, oltre che a me stessa, frutto di un'insicurezza che mi aveva circondato.

Pensavo alle fatalità, come queste potessero capitare nella vita e cambiarla. Un giorno ero sopra pensiero, mi posi un quesito:

"Cosa potrei regalare ad una persona, che per me si è prodigata, nell'estate, adoperandosi per il mio bene, con tutti i mezzi in suo possesso? Facendo in modo che potessi eseguire tutti gli esami richiesti nel minimo tempo?"

Per quello che ha fatto per me, per la sua grandezza ed umanità, non sapevo come ripagare la mia neurologa, che umanamente mi aveva aiutata, snellendo le pratiche burocratiche.

Sicuramente da sola non sarei riuscita, chissà forse, o starei ancora cercando appuntamenti, oppure al massimo, a quest'ora non c'ero più, ed ora non starei qua a raccontarlo, scrivendolo.

Sempre "piccola peste" resterà, già sentirmi chiamata così mi rinfranca e mi incoraggia, grazie mille mia cara professoressa! Questo pensiero è per lei, la mia neurologa, che mi ha salvato grazie!

La vita dunque, non solo fatta di gradini di pioli, ma anche di bivi incroci ed incontri importanti, essenziali e duraturi nel tempo. Importante è superare sempre, con audacia tutti gli scogli, vincere la dura battaglia della vita.

Spesso riconosco nelle varie circostanze, la tempra ed il coraggio di una madre, che per il suo grande amore ha saputo regalare grinta, mostrando fermezza nel suo carattere, trovando soluzioni adatte per ogni problema. Tutto questo senza mai mostrare preoccupazione apparente, cercando di non far credere più grande la lacuna esistente, capace anche di sdrammatizzare nei miei confronti e lenire le pene più piccole.

Non ho avuto un padre su cui contare, morì in un incidente che avevo soli tre anni, ma penso che l'animo di mio padre sia rimasto dentro di me, senza mai lasciare il proprio sostegno, ed anche tra queste righe egli sarà presente.

Mio padre ha sempre avuto un posto tutto suo nella mia vita, voglio credere che mi abbia sempre protetto, non nascondo che mi sento sicura al solo pensarlo, solo così pensandolo, lascio che viva in me, vivendo nel mio pensiero vivrà sempre nella mia vita, sicuramente nel mio cuore vi è un posto tutto suo.

Mi sembra di averlo vicino, una presenza che nei momenti più brutti, nei gesti e nei miei pensieri più piccoli si è sempre fatta sentire. Ho sempre pensato a lui come ad un moscerino sulla spalla, invisibile all'occhio ma presente, posato la egli mi vigila e sempre saprà ascoltare la voce del mio cuore.

Lo ricordo nelle poesie, lo cito in questo libro ed è una presenza viva nella mia vita, non potrei non sentirlo, mi è troppo cara la sua figura!

Le giornate sono immense per chi attende, esse non finiscono mai! Sembra veramente che il tempo si sia fermato, vorrei tanto decidere io per il mio tempo e non il tempo che decida per me. La mia vita così contorta e sofferta stanca di attendere, vorrebbe essere lei a decidere, ma così non è, altro non le resta che armarsi di buona pazienza.

Dopo tanto tempo, finalmente mi sono aperta con un amico, che un anno prima aveva perso la propria mamma per il cancro. Leggere la sofferenza nei suoi occhi è stato non direi bello, che di bello non vi è nulla, ma forse sincero, perché sapevo di venire compresa, se non io di sicuro a comprenderlo era mia madre.

Dialoghi di questo tipo ti crescono, ti insegnano a combattere, ti insegnano a vivere, ti pongono innanzi un solo obiettivo, avanti tutta, senza paura, senza timore alcuno.

Avanti

Attese ingiuste,
corro avanti,
arriva l'onda.
(16.agosto.2013)

Il tempo è tiranno! Dovevo attendere ancora altri dieci giorni di interminabili attese e, iniziavo ad odiare. I giorni apparivano come un'enormità, infiniti, impauriti, presi dall'ansia, dalla preoccupazione di ciò che ci aspetta, tutto veniva da me amplificato.

Se da una parte parlavo al cuore, quasi un controsenso, in cerca della positività in me stessa, dall'altra avevo paura; anche se andare avanti spavalda, come nulla fosse non mi faceva paura. Ma il cuore gridava, piangeva in silenzio, mentre la smania la paura rimaneva una costante di questa vita, ed io cercavo di affogare queste sensazioni, che di tanto in tanto riemergevano.

La tempesta scuoteva le cime degli alberi, sembravo indifferente al suo passaggio, mentre mi trovavo a passeggiare, la montagna col suo fascino sembrava parlarmi.

Presto mi accorsi che le voci che sentivo non erano quelle della tempesta, ne erano le cime degli alberi, bensì era la mia voce e della mia mamma.

Quel giorno mi trovavo in montagna, mentre si passeggiava, si dialogava serenamente godevo il relax il silenzio, il vento, parlando con mia madre si approfondiva e si rifletteva sulla vita.

Osservando la natura mentre si passeggiava, sono giunta ad una conclusione e mi sono detta: non è soltanto l'uomo con i suoi acciacchi ad essere in pericolo, ma anche l'intero ecosistema che l'uomo stesso sta distruggendo.

Ogni volta che vado in altura, in montagna, non mi aspetto solo di respirare aria fresca, bensì mi accorgo quale patrimonio l'uomo stesso sta distruggendo.

Mi attengo ad osservare semplicemente, quanta la sporcizia, ignoranza, si manca di rispetto all'ambiente, alle radure ai boschi, mi domando e dico: se manchiamo di rispetto alla natura, come possiamo rispettare noi stessi? Come può l'uomo essere di aiuto all'uomo, se prima non ama ciò che lo circonda?

Poi impotenti innanzi a tanto verde, si proseguì tra un discorso e l'altro, ci si incamminò sulla nostra strada, soffermandoci in queste riflessioni, parti essenziali della vita di tutti i giorni, parti essenziali del mio modo di essere, del rispetto che non è mai troppo.

Network

Il vento trascina,
le nubi ricoprono,
pensieri confusi.
(17.agosto.2013)

Con l'estate era sopraggiunto anche il caldo. Non ho mai amato le temperature alte, ho sempre amato i periodi miti le stagioni di mezzo la primavera l'autunno, anche se queste sono scomparse. L'ansia si è aggrappata bene, addosso, viveva nel mio io e presto me ne sarei liberata, non appena tutto questo marasma sarebbe finito.

Un mattino mi apprestavo ad accendere al mio computer, ormai senza non saprei più vivere, recandomi sul mio profilo FB, convinta di scaricare tensioni e di liberare la mente.

Con tono ironico scrissi:

Buongiorno!!! "Grappa Bocchino sigillo nero!"

Chi non ricorda questa pubblicità?

Quella mattina non sapevo come interagire con i miei amici, scrissi quella frase sulla bacheca, talmente tanto il nervoso che avrei scritto di tutto. Ero di nuovo in fissa! Dicono che ho un cancro, ma dove che non lo sento? La mia sensazione è quella di fare un salto nel vuoto. Ogni tanto sentivo un pelo muoversi nella gola, ma non sapevo da quale parte arriva, tutto questo mi faceva impazzire.

Il sonno non era più sereno, cominciavano a vacillare anche i sogni. La notte era dedicata a scrivere, che nel silenzio, nella pace si arenavano i miei pensieri e, solo scrivendo riuscivo a lasciarmi dietro qualche paura.

Il mio orologio aspettava che si muovesse una lancetta, riaffiorasse quel coraggio che era venuto meno.

La paura veniva scacciata quando scrivevo, solo allora la serenità mi tornava, sentivo così più fiduciosa verso il futuro e, mi lascio andare abbandonandomi alla penna che mi trasportava come una barca in mare aperto, verso un futuro tutto da scrivere.

Spero di non sbagliarmi che i sogni restino, non mi lascino sola in questo momento con i miei pensieri! Vedo il futuro colorarsi di grigio, affacciarsi in me, il nervosismo cresce a vista d'occhio, mentre le nubi color cemento, camminano sui miei pensieri.

Sfogo

L'impulso mi prende,
carica la mente,
nel vuoto lascia.
(17.agosto.2013)

Con un pensiero fisso mi ripetevo di continuo le stesse cose, iniziavo ad essere stanca di aspettare, il mio augurio il mio auspicio, che tutto finisse presto. Il pensiero ansioso, sono urtata, e non vedo l'ora d'essere operata.

Non voglio andare al martirio, anche se per come l'ho descritto sarebbe, ma vorrei solamente, che l'attesa fosse meno snervante.

Spesso mi chiedevo:

"Sarà proprio così?"

"Riuscirò a trattenere i nervi saldi, avere la calma per superare qualsiasi ostacolo che si presenterà?"

Tutti pensieri, domande che in momenti di crisi capita di farsi.

In quei giorni avevo riflettuto molto sulla vita su me stessa, pensato all'amicizia, ad una mia amica, con la quale scambiavo momenti felici e momenti dolenti, comunicando moltissimo, e con la quale mi sfogavo. Ora si era rotto quell'equilibrio che legava la nostra amicizia, tra di noi una distanza che ci divideva l'animo e il corpo. La sentivo distante, non più vicina, forse solo una mia impressione, ma ebbi la sensazione che la nostra amicizia, non era più quella di un tempo.

Ero abituata ad una visione di amicizia a dire poco indistruttibile, ma le cose cambiano con esse anche gli uomini e le loro attitudini sociali. Tra me e lei un muro ci separa, il muro della distanza. Mantenere alto il livello di amicizia, semplicemente basandolo sullo scherzo, ironizzando sul male, quando non si è in grado di recepire l'ironia questa diviene un'arma a doppio taglio, questo è ciò che sento e vedo, riflettendo tra me, dove la mia amica ha errato, oppure io non ho afferrato.

Penso che la continuità tra le persone, in un rapporto qualunque esso sia, di amicizia o amore di lavoro, si basi principalmente sulla reciprocità sulla condivisione, sul rispetto delle idee, delle emozioni, ancore indispensabili se non necessari strumenti per la riuscita del rapporto stesso.

Vi sarete chiesti perché parlo di lei? Per un semplice motivo, ché mi sentivo delusa! Qualche anno fa quando tra di noi si comunicava, il colloquio il dialogo nella nostra amicizia era un bene che si ricercava di continuo. Bastava sentirsi per telefono, ascoltare la voce, che si capiva se nell'una o nell'altra c'era qualcosa che non andava.

Eravamo divenute l'una di supporto all'altra, un sostegno di valore psicologico e non per entrambe, che sapevano di poter far affidamento l'una sull'altra, la persona che in quel momento ti ascoltava, sapevi che era la e, potevi contare sempre sul suo appoggio.

In un primo momento sembrava lei quella più bisognosa, poi prima un tumore poi l'altro alla fine rimasta sola. Ma finché sono viva, sola non mi sentirò mai, con mia madre il mio cane ed il mio libro, credo di poter far affidamento pieno per la loro amicizia.

Molte cose con l'arrivo dei network si sono perse, alcune di esse si sono moltiplicate, altre si sono annientate, tra queste le amicizie, le sole che sapevano comprendere la tua voce. Il web le ha distanziate allontanate dalla viva voce, che in un momento come questo, avrei voluto tanto sentire.

Ad un malato di cancro, non bastano le apparenze, necessita, abbisogna più che mai di certezze, di coccole, di sentirsi amato, importante ancora per qualcuno nella vita, è questo che le dà forza e coraggio di andare avanti.

Il mio sfogo ora è questo diario, col quale sto parlando della mia amica, che parte di me la ritenevo, non che ora non lo sia, ma devo ammettere che si stava meglio quando si stava peggio.

Forse ho interpretato male i suoi atteggiamenti. Le strade ad un bivio della vita, si sono separate, prendendo direzioni diverse, che hanno disorientato la nostra amicizia. Ma la vita è imprevedibile se ci saranno modo luogo e tempo, chissà forse anche una possibilità di riavvicinare le nostre strade, rincontrandoci nuovamente e rinnovando le nostre personalità.

Amicizia

L'amico è sempre,
un cuore che ascolta,
la commossa voce.
(18.agosto.2013)

Talvolta penso che la telepatia esista. Il giorno dopo aver scritto, quanto sopra sulla mia amica, forse le nostre menti si sono cercate nel vuoto nello spazio, so solamente che la telefonata mi ha raggiunto. Era ferragosto, quella telefonata mi portava gli auguri. Meravigliata non potei nascondere la sorpresa, tanto bastò a cancellare dalla mente tutti i cattivi propositi che mi ero imposta. Quella telefonata mi aveva rallegrato in virtù dei vecchi tempi e dell'amicizia, tornato a rivivere quel meraviglioso sentimento che si prova tra persone simili.

Nel tempo ho capito ed imparato a diffidare delle persone, non prendermela più di tanto, provare a fare come loro con me. Iniziato a copiare il comportamento di questi amici, per il bene comune, senza ricercare il pelo né l'uovo, senza affidarmi al passato, a quel che era e non siamo più, ma semplicemente pensando al presente.

Iniziai a concentrarmi solo sul presente, vivendo alla giornata una condizione di attesa, uno stato che mi vorrei già lontana e vicina allo stesso tempo, dalla realtà che vivo. Mia madre attende anche lei che giunga quel giorno, che chiamino per l'intervento, in casa siamo tutti in ansia!

Ogni giorno rivolgevo lo sguardo al telefono, come doverlo supplicare:

"Ma perché non squilli!"

"Dai!"

In sincerità non pensavo fosse così, estenuante snervante e mi condizionasse a tal modo, l'attesa, ma dovetti ricredermi. Spesso irascibile, forse solo nervosa, altre volte come se cercassi di dominare sulla malattia, sapevo bene non essere un robot.

Dialogo

Un ramo mi guarda,
raccolgo il pensiero,
chiuso lo sguardo.
(18.agosto.2013)

Ogni giorno si apriva una nuova pagina del libro, la mia mente elaborava un nuovo tassello, così da aggiungere un giorno all'altro. Una scacchiera un gioco poco piacevole, come un domino fatto di persone, cercavo di mettere tutte le idee in riga, a volte riusciva altre no.

La parete sempre la stessa, il telefono sempre lo stesso non cambiava posto; solo il mio pensiero fisso non si lasciava ad un momento di pace, che sovente ripeteva:

"Speriamo, spereremo domani!"

Aspettare, sapere di dover svolgere un così gravoso impegno mi schiacciava, mi sentivo pressata da un macigno imponente, così tutti noi.

Tutto questo non mi aiutata, diciamo pure mi ha disorientata in quei tristi momenti. L'attesa, snervante, che non conoscevo più termini per descriverla.

Al solo pensare che fare la fila dal dottore, rappresenta un peso, come pure pagare un bollettino alla posta, figuriamoci attendere un intervento chirurgico o una de-ospedalizzazione come ci si sente!

Ma il tempo è tiranno, non ci lascia scampo, dobbiamo accontentarci di vedere scorrere le ore, di risvegliarci al mattino e sorridere al nuovo giorno, ringraziando il Buon Dio. Questa filosofia, ad un anno esatto, da quando iniziai il mio viaggio infernale.

Quest'altra domenica, scorrerà pensando al domani: "Quanto ancora dovrò attendere per avere la mia risposta?"

La mente sempre allenata, non mi fa scivolare sull'olio, per ora, non mi fa scorrere su pensieri negativi, ma cerca di vivere alla giornata, raccontandosi la vita, tutto ciò merito di mia madre.

Oggi riapro il dialogo con me stessa e con il diario, un nuovo giorno si affaccia per me, tutti dello stesso colore, vinti dalla paura, più si avvicina il tempo più essi si mascherano, ma qualcosa sta cambiando, non

39

so se per un disegno divino o meno, ma il dolore mi ha mutato. Ora sono in grado di distinguere chi mi è sempre stato vicino per convenienza, chi lo è stata effettivamente per amicizia, chi aveva una maschera indosso e chi no.

La malattia riesce e sa farti capire molte realtà, celate dalla sofferenza, che possono emergere in ogni momento con una frase un'immagine una parola scritta, qualsiasi cosa, anche da sciocchezze si può capire una verità nascosta.

Inizio a ricredermi sull'amicizia virtuale, essa è un paravento un separatore, che divide uno schermo da te. L'amicizia virtuale non è amicizia vera, ma bensì è un piacere condiviso virtualmente tra persone che hanno gli stessi gusti, le stesse idee, è un veicolo che può condurre alla vera amicizia, se seguono incontri al di fuori del mondo virtuale.

La vera amicizia è molto rara, da non confondere con l'amicizia virtuale, quando questa è vera si capisce da uno sguardo, solo gli occhi danno la risposta a ciò che cerchiamo.

Gli sguardi persi del nostro animo svaniscono appena si ha davanti uno sguardo vivo di una persona a noi cara. Di questi ultimi sono esclusi i miei familiari alcuni collaboratori e pochi amici, poche persone.

Un altro giorno è trascorso così, neanche oggi il telefono ha suonato, che stress aspettare tutti questi giorni! Volano via ore e ore se così si può dire; un'attesa infinita e snervante, che a me sembra non finire mai.

Finalmente agosto, ma poco importa per chi deve attendere che fuori sia caldo o non, che si vada in vacanza o meno, se poi vacanze le farò a casa.

Quello che mi preme che tutto finisca nel miglior modo possibile, che abbia fine questa maratona.

In ogni modo di una cosa sono sicura, molto è cambiato in me, la mia indole il mio io, sono suscettibili di ogni turbamento, non so se sia colpa del cancro o di cosa.

A volte basta veramente poco per gioire ad un animo sensibile, mi è bastato leggere un post di un amico, che mi sono sentita bene, come se nelle sue parole avessi ricevuto una pillola di bontà. Questi momenti, queste emozioni, questi pensieri spesso, valgono più di mille parole, poiché spontanei nascono dal cuore vengono captati dalla mente e dalla mano trasmessi la dove il pensiero detta.

Parole

La stanchezza vive,
come un'ebbrezza,
aspetta l'autunno.
(18.agosto.2013)

Rimanendo in tema di parole; più si avvicina la data prestabilita, più mi è chiaro il valore che si attribuisce all'uomo all'interno dei network. Spesso la mia impressione che, alla persona venga attribuito il valore di "0". Tutti talmente presi, con la propria idea sociale, politica, etica, religiosa, presi da manie di grandezza, che vedo abbassarsi i toni della società dell'umanità, in questo contesto l'uomo diviene un numero. È una cosa più grande di me, spesso non so gestire, non accetto, soprattutto ora che non sto bene, tutto mi è più chiaro.

Mi sono imbattuta per caso in una discussione poco piacevole, non so non voglio neppur sapere se ne sono uscita vincitrice o perdente, ma una cosa so per certa, che non posso tollerare tutto, in particolare non lo posso volere dal web. Resto silenziosa, taciturna, preferisco il mio silenzio al frastuono che in molti fanno, anche su banali argomenti.

In questo momento così intenso per me, la cosa più importante che sento dentro ed immensamente voglio è vincere la mia lotta con questo mostro, se poi mi sfogo con il mio diario, con mia madre, o con chi merita il mio silenzio poco importa.

Tutto acquisisce più valore in questi giorni, un'importanza che si legge sulle pieghe del viso, cammina sulle rughe, mentre i pensieri solcano la mente ed il volto, scorrono su pagine si proiettano al futuro.

La mia preoccupazione scivola verso il domani, dove mi auspico di uscirne vittoriosa, ma è ancora presto per parlare, lascio spazio ai miei pensieri ai sogni che apriranno la porta del futuro, dove il tempo è rivolto ad una buona riuscita.

Ci sono nodi che spesso mi capita di trovare, cercherò di sciogliere anche quella matassa di idee, mentre aggomitolo i giorni, lascio le discussioni ad altri, a chi vuole chiacchierare, in questo momento tutto il resto per me, viene in secondo luogo.

Episodio nervoso

Freddi istanti,
attraversano la terra,
coperta di gelo.
(18.agosto.2013)

Nella brevità del racconto, riporto questo episodio che ritengo essere importante per conoscere la psicologia di un malato che vive sommerso da incognite.

In casa si festeggiava un compleanno, ma io non mi sentivo molto in vena, come essere di compagnia se mi sentivo il mondo crollarmi addosso?

Un particolare mi ha fatto innervosire è stato un banale incidente domestico accadutomi talmente banale ed innocuo, ma tanto grande da farmi saltare i nervi. Tutto è successo mentre aiutavo mia madre nel tenerle una teglia, quando ad un tratto il tegame che reggevo mi è caduto in terra.

Dentro vi era una lasagna, che casualmente era destinata a me.

Una volta realizzato l'accaduto una reazione di sconforto non indifferente, mi ha sconvolto l'animo, ed uno scatto di nervi fatto proprio quel momento, senza che riuscissi a controllare e contenere l'ira.

Quel giorno festeggiavamo il novantesimo compleanno di un componente famigliare. Era un parente che festeggiava i suoi anni, mentre io lottavo con la mia esistenza con il mio io, egli brindava alla sua vita contornato da tutti. Non immaginavo minimamente che da queste piccolezze, da simili confronti potesse emergere così vivo l'ego, facendo paragoni tra persone di diversa età.

Quasi contestai a quella persona i suoi novanta anni, il doppio dei miei, mentre io a fatica tentavo di accettarmi, sganciare quel terribile momento buio dalla vita, superando le avversità che si presentavano innanzi.

Dovevo accettare l'evidenza per quello che ero e dovevo subire nell'immediato, tentavo a fatica di emergere in quella realtà, con la vita e la malattia che incombeva.

In queste circostanze ho capito compreso, come il nervosismo sia parte integrante di noi, spesso incontrollato nemico, a volte una miccia esplosiva, che nasconde un malessere di cui neanche noi si sa dare risposta.

Per ovviare a simili paragoni, anche in questa circostanza alle discussioni avvenute in casa, mia madre si è fatta portavoce, pensando di fare da tramite, tranquillizzando riportando la quiete la serenità nei nostri animi, mettendoci come sempre una pietra sopra.

Ansia

Un uccello ferito,
lamento dell'amore,
pianto de l'anima.
(18.agosto.2013)

Interminabili attese segnano i giorni, carichi di ansia di timori, accompagnati dal tempo.

Lunedì 07 agosto, mia madre stanca di attendere, ha chiamato l'ospedale, per sollecitare e sapere quando mi avrebbero chiamato.

Venne riferito che l'intervento era stato programmato, sarei stata operata il giorno 04 settembre, dunque confermato il mio accesso in ospedale.

Questi momenti e queste date non si cancelleranno più dalla mia testa, l'ansia ora più che mai giustificata la paura, poteva sfociare in un pianto strozzato ma liberatorio, solo dopo sarei stata meglio.

Singhiozzante ero riuscita a malapena scrivere queste righe, che da questo momento in poi avrei visto interrompersi il mio dialogo con il diario. Era molto che non piangevo così, il tempo era scorso, le date si erano avvicinate ora mi dovevo preparare ad un grande salto sperando di non cadere nel vuoto, in una crepa o in una voragine.

L'impressione che avevo e volevo dare in quel momento agli altri, era quella di apparire letteralmente sana, di non avere apparentemente nulla, senza far capire che in me risiedeva un mostro, senza spiare dalla porta il mio ospite, volevo apparire una donna bella dentro e fuori, sana e salda.

Ma l'impressione era più rivolta a me stessa, di me che avevo paura e non degli altri, non delle altre persone che mi circondavano, mi spaventava guardarmi allo specchio e parlare alla mia anima ferita, volevo nascondermi dalla verità che mi stava turbando.

Tutte illusioni che come un castello di sabbia si è sgretolato, portate via dall'onda che ha cancellato quella fortezza che avevo creato, così apparentemente stabile ora crollato, come tirata via da un'ondata improvvisa.

44

Questa apparente sicurezza aveva preso il posto della debolezza, dell'insicurezza dell'instabilità che per un breve periodo non mi diede tregua, ma nascondendosi nel mio io, si celava dietro una maschera di porcellana.

Il mattino seguente (08.agosto) mi trovavo sola in casa, mentre mia madre era uscita a fare la spesa, venni nuovamente contattata dall'ospedale. Mi veniva posticipato di un giorno il mio accesso in ospedale, anziché entrare il lunedì, entrava il martedì, ché in quella data in quel giorno, in quel mercoledì che avevano programmato il mio intervento.

Questo fatto, di spostare di un solo giorno l'accesso in ospedale, generò in me subbuglio e inquietudine ché con la testa era già a martedì.

Una mia carissima amica, Elisa, mi diede spiegazione congrua al motivo di questo ritardo, del perché in una chiacchierata telefonica, tranquillizzandomi di conseguenza.

Libertà

Incontrare un merlo,
vederne il piumaggio,
ritrovarlo in volo.
(18.agosto.2013)

Nell'attesa, insieme a mia madre, abbiamo programmato un'escursione in montagna, io e lei sole, ci siamo prese una giornata tutta per noi, all'insegna della libertà e dello svago. Abbiamo raggiunto la montagna a noi più vicina, la ci siamo perse in un'ampia e frizzante passeggiata.

Passeggiando ci siamo ritrovate immerse in un dialogo fantastico, una simbiosi che normalmente caratterizza il rapporto tra madre e figlia, quella comunicazione così presente che nei momenti difficili non mi è mai mancata.

In montagna mi sono sentita ancor più capita, non solo da mia madre ma anche da me stessa, ho aperto il mio animo alla montagna, quell'animo che a me spaventava ora suscitava un fascino molto particolare, una sensazione di libertà, che ritrovavo solo a diretto contatto con la natura.

In quell'istante dimenticai quasi tutto, gli affanni erano meno evidenti, più sincera la mia persona, le mie emozioni. Con mia madre abbiamo fatto un'ampia passeggiata, godendo del fresco e di quella pace che solo la montagna, la natura fino ad ora è riuscita a darmi.

Mentre ammiravo ciò, si chiacchierava di tutto e molto con mia madre, ma soprattutto si parlò di me, delle mie paure delle mie incomprensioni del futuro, cercando di riportare insieme quella serenità smarrita nel mio essere, che nel dialogo tra madre e figlia spesso riaffiora.

Ci siamo chiarite, spiegate, aiutate, allontanate tutte le perplessità dubbie, mi sono sentita rifiorire lontano da tutti, e all'antivigilia di quell'intervento, posso asserire di aver ritrovato un dialogo stupendo e radioso come non mai, come sempre dovrebbe essere con mia madre.

È stata una sensazione che ha lasciato il suo segno sulla pelle, ritrovando quell'intimità che credevo persa, tanto meno nascosta. Mentre camminavamo il vento abbracciava le nostre vite, noi non esitammo dal venirci incontro, ci abbracciammo come calamite, venendoci incontro, l'una bisognosa dell'abbraccio dell'altra, sicuramente una necessità comune.

Domani

Stima e coraggio,
danno voce al giorno,
la domenica scorre.
(18.agosto.2013)

Il pensiero è già a domani, che dovrò recarmi in ospedale. Una giornata pesante si para innanzi, impegnata tra controllare la valigia, per non dimenticare nulla, essere certa che tutto sia a posto, per poi aspettare il grande giorno e finisca l'estenuante attesa.

Non nascondo l'ansia, il nervoso, cerco di distrarmi ma il mio pensiero va alla mia vita, la necessità di sapere di conoscere di avere informazioni dettagliate su ciò che mi aspetta, mi fa vivere male queste ore. Per quanto mi cimenti ad interrogare internet, la verità non la saprò mai, ogni dubbio ogni mia curiosità o perplessità verrà presto saziato, per ora tutto è un'incognita, alla quale solo il tempo risponderà.

La domenica giunge, ma non scorre serena, mi faccio forte innanzi i miei, scrivo. poesie, racconto di me, telefono agli amici, si ricevono visite, ma tutto ciò non basta a saziare la mia arsura, il mio pensiero fisso, il mio sguardo è là a quella valigia in terra che mi riporta alla mia partenza, all'indomani in ospedale. Mi sento persa ora che dovrò andare, prima tanta smania, ora che il tempo è giunto mi rendo conto che esso mi è volato.

Alle ore otto del mattino dovevo stare in reparto. Giunti là, mi attendevano in infermeria per fare gli esami del sangue, la routine, poi si attese che venisse assegnata la camera. Dopo gli esami del sangue, si accostò da un lato la valigia, mi prestai a scendere per raggiungere il bar e fare la colazione; da una parte io e mio cugino, mentre la mia mamma in recepit a sbrigare le pratiche burocratiche.

Altre persone quel mattino sono come me, aspettano d'essere ricoverate, di occupare il loro letto. Si capisce solo in queste circostanze che siamo tutti uguali innanzi al male, è il cancro il vero dominatore delle nostre vite, che sa renderci più umili gli uni agli altri, gli animi delle persone imparano da esso, ad essere tutti simili, senza nessuna distinzione di età razza o sesso.

Non credo che nella vita quotidiana si sia così tolleranti, siamo molto più egoisti nei confronti di tutti, non abbiamo tempo per riflessioni di questo tipo, troppo presi dal nostro quotidiano, non si ha modo di riflettere sulla vita.

In tarda mattinata finalmente mi venne assegnato il letto. La mia mamma per un poco rimase ancora con me, poi a malincuore si avviò verso casa, lasciandomi serena con i miei quaderni in quella stanza.

Il primo giorno di ospedale era quasi trascorso, tra uno sbadiglio e l'altro, giungerà anche domani ed il mio ricordo era solo un vago flash, l'epilogo di una lunga rincorsa, forse un traguardo raggiunto, chissà?

La notte scorse veloce, presto si fece giorno, ed io mi trovavo ferma, nel letto, mirando volti tesi e preoccupati.

Il giorno dell'intervento era arrivato, non ero sola, sguardi mi circondano di affetto e stima, gli occhi di mia mamma, mio cugino, che mi coronano con attenzioni, non mi fanno mancare la forza e il coraggio.

Primo ricovero

Speranza prendimi,
portami per mano,
dammi coraggio.
(18.agosto.2013)

Durante la mattinata mi aveva visitato, prima di essere sottoposta ad intervento, l'equipe medica ritenne opportuno vedere tutti i CD degli esami che avevo con me, tutta la documentazione in mio possesso, trovandosi loro innanzi ad un caso anomalo di cancro, considerata la malattia rara di cui soffro.

A prima vista non si trattava di un caso semplice da affrontare, Il mostro aveva assunto una veste un po' particolare, più complessa, come se avessi una maschera indossata.

La prudenza dei medici fu fondamentale per lo spessore della malattia, anche per loro il mio caso rappresentò un nuovo obiettivo, un nuovo studio da approfondire e studiare in collaborazione con il mio genetista di Torino.

Nella tarda mattinata passò la visita, mi hanno fatto la cartella clinica visitata, ma poi il resto ha atteso gli infermieri.

Dentro quel reparto iniziavo la scoperta di un ambiente mai visto prima, un ambiente pulito, ordinato, molto serio, dove si incontrano casi anomali di cancro, storie che provengono da tutta l'Italia.

È strabiliante vedere la grande umanità, il grande rispetto che simboleggia quei corridoi, fatti di poche voci, quelle dei parenti, molta energia e tanta sofferenza. Si conoscono persone che giungono da ogni parte d'Italia, un polo di eccellenza per questo tipo di cancro. Una visita, andare in quei reparti, che lascia il segno, dove credo sia quasi d'obbligo andarci per conoscere ed avvicinarsi all'umanità, a chi soffre chi muto non può, ma anche in silenzio riesce a parlarti.

In questi luoghi ti ritrovi con persone di tutti i tipi, con diversa preparazione sociale e culturale, ma poco importa quando si è la dentro, si è tutti uguali. C'è poco tempo da spendere per blaterare, ti puoi reputare fortunato finché puoi dialogare, puoi respirare autonomamente, quando invece l'intervento lo impedisce si va avanti di gesta di lavagne e di taccuini, questo è terribile, ma ti fa capire cosa significhi avere la parola, avere la voce, quanto preziosa essa sia.

Ad una certa ora del pomeriggio venni chiamata dagli infermieri, mi dovevano preparare all'intervento; la prima cosa da fare era provvedere alla rasatura dei miei capelli. In un primo momento si decise per eseguire un taglio estemporaneo, quindi andava rasata solamente metà testa, ovvero solo la parte interessata, ma poi non sicuri, hanno chiesto conferma ai medici e provveduto diversamente, mi preparava al peggiore dei casi, quindi la rasatura era completa.

Uscita dall'infermeria senza capelli, non diedi molto peso all'apparenza ma guardandomi e riguardandomi questo divenne un peso da sostenere. Aspettai il domani nel mio letto, pensieri si rincorrevano come cavalli selvaggi in quel momento.

Meno di dieci minuti ed era già domani, la mezzanotte che scoccava ed io non riuscivo a prendere sonno, aspettai cauta il mattino, questo era il giorno della verità, il pensiero mi andò al giorno che mi avrebbe visto parte di una gara una prova più grande di me. Aspettai l'alba, cercando di schiacciare un pisolino.

Finalmente il giorno della verità era giunto! Scesi in sala operatoria, i medici ritennero opportuno fare un estemporaneo poi le varie biopsie sulla mucosa e sull'osso. Dopo l'intervento venni trasportata in terapia intensiva, dove ho sostato quasi un giorno e mezzo, per poi ritornare il dì seguente su al reparto.

La notte non passò tranquilla, qualche strascico dopo l'intervento lo aveva tutto addosso, ma la notte si è presto spenta, lasciando il posto al giorno.

L'esame estemporaneo in un primo momento non rivelò che non si trattava del peggiore dei casi, non risultò un cancro, come ci avevano fatto credere TAC e RMN, ma ci dissero che si trattava di una ciste della TSC una lesione!

In quel momento tutti tirarono un sospiro di sollievo, ma l'ultima parola aspettava alla biopsia, che doveva dirci con esattezza di quale materiale era formata la ciste. Dovevano evidenziare che tipologia di lesione fosse, di che materiale era composta, se vero che si trattava di una lesione dovuta alla TSC, solo dopo avremmo potuto tirare un sospiro di sollievo.

Effettuarono tutta una serie di esami bioptici sulla mucosa sull'osso su tessuto, non ci rimaneva che attendere l'esito del referto, pregando che non si trattasse di altro. Cosa assai strana apparse tanto da domandarmi:

"perché dopo una serie di Tac Risonanze che certificavano la presenza di Tumore, della presenza di una massa tumorale in loco, la storia si è conclusa con un non c'è nulla?"

Mi sono chiesta e richiesta, su quali basi vengono interpretate le TAC o RMN, siamo noi subdoli malati di TSC che la verità emerge solo quando esaminato il pezzo fresco? (tessuto di mucosa analizzato?)

Sto qua a scrivere sul diario, domani dopo soli cinque giorni di ricovero, ritorno a casa mia, sicura che passeranno tutti i dolori. Ora lasciamoci cullare dal sonno, domani sarà una bella giornata, buonanotte, speriamo che non serva ritornare qua!

Ritorno a casa

Vacanza forzata,
una pausa breve,
volata col tempo.
(18.agosto.2013)

Finalmente a casa mia, ma insicura, in attesa del referto che stabilirà la verità. Intanto, mi godo il mio cane questo autunno la mia casa gli amici, ma l'insicurezza prevale su tutto.

L'attesa che mi chiami l'Istituto Tumori è alta, i giorni sono infausti carichi di domande per un futuro incerto.

Dopo soli cinque giorni dalla dimissione, sono stata nuovamente convocata dall'Istituto, l'esame istologico era pronto, il peggiore dei mali non era ancora passato.

Ci convocarono in ospedale al mattino, giunti la, abbiamo atteso l'arrivo del personale, ci hanno fatto accomodare nello studio ed atteso che arrivasse il medico, che a sua volta mi ha riferito quanto l'istologico aveva evidenziato.

L'intervento che venne risparmiata la prima volta andava purtroppo eseguito, l'istologico aveva evidenziato cellule maligne ad uno stato molto elevato del tumore. Questa notizia arrivò a bruciapelo, che riconfermò la priorità e l'urgenza del caso, non confermò la predetta vittoria.

Quella mattina mi confermarono, in quanto già programmato, il mio accesso in ospedale per il prossimo intervento. Ritornata a casa mi sono messa a scrivere, ho riempito pagine di vita con i miei sentimenti.

(La seconda rasatura me la fece mio cugino a casa, ma una volta in ospedale, mi hanno ripassato comunque per motivi igienici).

In realtà mi ero illusa che non sarebbe servito un nuovo ricovero, ma evidentemente sono nata sotto una stella non proprio bella, così non finiva qua anzi, diciamo pure ero solo all'inizio di un lungo percorso. Lacrime non ne avevo più, si erano prosciugate, ed io non negai di serbare paura.

Le sensazioni a volte tattili, nascondono la verità, spesso sono talmente confuse torbidi ciechi da non capire.

I dubbi

Scriverò su te,
tante pagine al vento,
un libro bianco.
(18.agosto.2013)

I molti sé, i molti dubbi iniziano ad assalire la mia mente, chi saprà rispondermi se non il tempo? Ma l'ansia che provo dopo una magra illusione, che non ho più parole per descrivermi.

Scrivo a ruota libera, i sentimenti scivolano sulla carta, mi lascio andare dalla penna e non sento dolore.

Dolore è là, nell'animo aspetta, che lo si affronti, aspetta d'esser da me vinto, ed io qua a pensare a scrivere chissà se ce la farò?

In effetti, non permetterò d'esser vinta, cercherò di stare attenta, anche se, non dipenderà da me, cercherò se potrò di collaborare.

Se mi regaleranno una rosa mi guarderò bene, che questa non mi punga con le proprie spine, nonostante tutto accetterò quella rosa, afferrandola nel modo giusto senza pungermi.

Supererò anche questa dannata prova, anche se costerà fatica. Mi sono ripromessa che in caso di impossibilità, mi farò rileggere questi miei scritti da mia madre, o chi avrò accanto, così ascoltando le mie stesse parole, acquisterò quel coraggio necessario per affrontare la vita, conducendo pian piano la mia barca a riva.

Questi scritti non sono solo parole, ma sono per me spiragli di luce, dalla penombra ho visto la luce, che solo scrivendo e raccontandomi così, mi sono aiutata, lasciando intravedere lo spiraglio di luce in fondo alla mia anima.

Conto alla rovescia

Numerosi giorni,
stranamente vivaci,
volano via.
(18.agosto.2013)

Il conto alla rovescia era iniziato, una settimana, la domenica successiva sarei andata nuovamente in ospedale. Mia madre, una persona troppo in gamba forte spiritosa e sincera, anche questa volta è riuscita a farmi ritrovare il sorriso, che in questi momenti così cupi è facile smarrire.

Quel mattino ritornavo da una medicazione, dall'ospedale, e dalle parole di mia madre, mi arrivò una battuta ironica che mi diceva: "Con tutto questo andirivieni qua, la nostra strada, la nostra via, si chiamerà quella delle barzellette!"

Io sono scoppiata in una risata spontanea che, da quella volta, non ho più dimenticato questo nuovo vezzeggiativo sulla nostra via.

Si è inventata di tutto, mia madre per sdrammatizzare sull'accaduto, per non farmi pensare al peggio, alla malattia all'attesa di quel giorno che sarei rientrata in ospedale, ha tentato con ogni suo mezzo riuscendoci, di farmi evadere.

Seguirà una settimana di fuoco, mai come in certe circostanze pensi e materializzi con il pensiero, quanto sia importante la vita, quanto peso abbiano le persone le cose che hai intorno.

Grazie a loro al dialogo mai mancato, che sono riuscita a superare lo sconforto l'ira la delusione, l'ansia e la depressione. Non mi interessa se sono ripetitiva, ma l'attesa è sempre più snervante, vorrei che tutto fosse svanito in un sogno, destarmi da questo incubo che mi tormenta da mesi.

Avere una presenza come mia madre, al mio fianco mi reputo una persona fortunata. Possedere una mamma per amica è veramente una beltà, sempre presente, attenta al dialogo aperta alle parole, che sa comprendere le tue stesse emozioni, che parole di pietismo non hanno mai usato. Mi rendo conto e sono consapevole che la schiettezza è il linguaggio più recepito da me in talune circostanze.

La pietà non mi appartiene, mi guardo bene da chi utilizza parole di pietismo, esse sono lontane, non le valuto affatto, ho verso queste una forma di rigetto.

Mentre attendo di rientrare in ospedale, ho pensato bene di acquistare degli occhiali, per camuffare il volto, da indossarsi dopo l'intervento, questo per sentirmi più a mio agio, percepire meno il disagio che l'intervento mi apporterà.

Di nulla sono certa, come sarò non so, di sicuro so che l'intervento è prossimo, ed io inizio a non stare più nella pelle, non riesco più a contenermi tanta la paura.

Ogni tanto sgrano gli occhi afferro in mano la fiducia e mi dico:

"Calmati, vedrai andrà tutto bene, ora, scrivi scaricati, non pensarci e prosegui il tuo viaggio!"

Sono senza capelli, questo equivale per me a sentirmi nuda. Una nudità strana; mi guardo allo specchio cercando in me, in quel volto la chioma mancante che ora non c'è.

Sembra strano, ma quel volto non si riconosce, in esso ritrovo un'altra persona, un altro io che non riconosco più.

Credo sia naturale e spontaneo non piacersi, così su due piedi, ma alla fine ho dovuto accettarmi, cercando di coprire bene ogni difetto visibile, apparire più possibile simile a prima. Tutto questo non prima di aver fatto un bellissimo lavoro d'interno, dipingendo bene le pareti dell'animo, che vi ingrigite non lasciava più filtrare la luce.

Coraggio

Cammina tranquillo,
un elegante gatto,
aspetta il giorno.
(18.agosto.2013)

Con coraggio sempre con coraggio, affronterò la folla, la massa, pur senza capelli, forse tra malati mi sentirò più compresa.

È già mercoledì che mi presto ad andare alla visita neurologica. Nella mattinata siamo andate con mia madre ad ordinare il "gatto morto", come chiama lei, mia madre, la parrucca. Ora tra gli occhiali e la parrucca, credo che il volto verrà camuffato bene, gli accessori dovrebbero teoricamente nascondermi ogni inestetismo ogni traccia di difetto, che la lesione mi potrebbe apportare, poi come dice la mia carissima amica Elisa, "sempre alto il morale, su con lo spirito, solo così, con l'umore alto riuscirà a vincere."

Solo così affronterò il post intervento, con coraggio e determinazione. Intanto un passo alla volta, oggi affrontiamo la neurologa, facciamo la visita, poi tutto il resto si vedrà.

Senza capelli con una bardana in testa, mi sono proposta di sconfiggere quel muro che avevo dinnanzi, quella vergogna di apparire.

Fu un impatto breve, dove ho compreso la forza che avevo, e capito che nulla è per caso, ma a tutto c'è un perché, un significato che noi con la nostra tempra abbiamo dato a chi ci vedeva così, alle persone più care e meno care, un modo come un altro per uscire allo scoperto, abituandoci così ai cambiamenti.

La valigia è nuovamente pronta, i documenti i farmaci, tutto è come ho lasciato, sembra non abbia dimenticato nulla. Il trolley non l'ho mai disfatto, sempre pronto all'uso. L'indomani mattino presto, mi incamminerò nuovamente verso la strada per l'ospedale.

Giunta in ospedale al mattino, atteso che giungesse il personale, espletasse i loro doveri, poi mi venne confermato la data dell'intervento. Come al solito anche quel mattino qualcosa andò storto, ci fu comunicato dallo stesso personale, che non potevano ricoverarmi per un problema insorto all'interno della corsia. così ritornai a casa a dire il vero, tutto ho fatto meno che scrivere.

Ho condotto la mia vita cercando la normalità, la normalità apparentemente tranquilla, mai come ora però, capace di capire i veri amici dai falsi.

Le correnti contrarie, le circostanze amene, a volte giocano a nostro favore, facendo si che nel momento di debolezza riaffiori la verità, si percepisca quel sentimento spesso celato nella realtà.

La sensibilità non è altro che la conoscenza, rispetto per gli altri, della nostra vita in balia della realtà, che si scontra con la verità.

Più si conosce la sensibilità dell'animo umano, più si sarà prudenti a lasciarsi sfuggire di mano la verità. Le persone sensibili sono anche le più umili, ma questo non è un difetto, bensì un pregio che pochi hanno, non sempre si mettono in pratica queste leggi, tanto semplici quanto difficili.

Bosco

Fresco profumo,
di essenze odorose,
escono dal suolo.
(18.agosto.2013)

Eccoci alla domenica fra pochi giorni sarò in ospedale, ma intanto si raggiunge la montagna, insieme con mia madre, subito dopo mangiato, abbiamo preso il nostro cagnolino, siamo andate al bosco per una passeggiata distensiva.

L'iniziativa era quella di passeggiare nel verde, tra alti fusti, in mezzo a quegli alberi tra i freschi profumi, poi se durante la passeggiata, avessimo trovato funghi bacche o altro, tutto sarebbe tornato utile!

Al mio cane sembrava mancasse la parola, mi osservava, mi aspettava, mi inseguiva, mi guardava ogni tanto si fermava innanzi a me fissandomi, muoveva la bocca come per parlarmi, poi mi osservava come se avesse capito che non stavo bene, avrebbe voluto dirmi qualcosa.

Forse non saremo mai in grado di comprendere la loro intelligenza! I cani hanno molto da insegnarci, di certo sanno farsi comprendere assai bene, sa trasmettere emozioni uniche, come unico è il loro amore per il proprio padrone.

Sostengo che, l'intelligenza in loro possesso, delle bestiole, supera alla lunga la nostra, se le persone tenessero tutte un cane in casa, imparerebbero molto da lui, al solo osservarlo nei più piccoli particolari, prendendo esempio dai loro atteggiamenti, imparerebbero ad amare.

Il pomeriggio scivolò via, quasi non mi accorsi del tempo che era passato, ci dovemmo di nuovo incamminare verso la via di casa, un poco mi spiaceva di lasciare quella natura e dovermene tornare verso i pensieri, sapevo che una volta giù a casa tutto sarebbe svanito.

Non avevamo trovando nulla di commestibile, il bosco era asciutto, bacche funghi non ve ne erano, ma in compenso avevo fatto un carico di aria pura. Mi ero liberata da qualche peso, avevo finalmente scaricato i pensieri, parlando, dialogando e ridendo, anche quella magnifica bestiola del mio cagnolino, questo non dispiaceva affatto.

Secondo ricovero

Una tazza di moca,
mi vuole all'appello,
svanisce in aria.
(18.agosto.2013)

Giunto il tempo del mio nuovo ricovero sono ritornata di nuovo in ospedale, la cartella era già fatta, doveva solo essere ripresa ed aggiornata. Mi sentivo serena ma non nascondo la preoccupazione per l'intervento ed il post intervento. Sperai che almeno questa volta, andasse tutto a buon fine, che un buon lavoro di equipe corona questa operazione, ed io non debba soffrire più del dovuto.

Il 24 settembre corrente anno, segna comunque una data che difficilmente dimenticherò.

Gli imprevisti non sono mai prevedibili, anche in queste circostanze i medici sembravano sicuri del loro lavoro, ma si sono trovati innanzi ad una reazione, ad un problema di natura diversa.

Il giorno 24.settembre andata serena in sala operatoria l'intervento mi aspettava, ma il destino si preparava a giocare la sua carta, contro di me, anche questa volta. È veramente il caso di dire, che sono stata ripresa per i capelli, anche se capelli non avevo, mentre il mio cuore si fermava, cessava di battere. Prontamente intervenuti i cardiologi, che hanno provveduto con manovre tecniche a farmi ripartire i battiti.

Ma il danno era stato reso al cuore, per cui l'intervento venne sospeso.

Successe tutto in seguito a quanto: per procedere con l'intervento, una volta preparata ed applicata la tracheotomia, inserita la cannula, si procedeva alla demolizione dell'osso, iniettando sul soffitto del palato l'adrenalina, che di norma va per la maggiore. Farmaco che usato senza complicanze, nella stragrande maggior parte dei casi, essendo il più utilizzato come vasocostrittore o vasodilatatore, ma in me ha provocato una reazione imprevedibile agli occhi dei medici, tanto da crearmi uno scompenso cardiaco, con arresto della funzione cardiaca.

Dalla sala operatoria, il viaggio è stato breve per arrivare in sala di rianimazione, dove attraverso la ventilazione assistita allacciata da macchine drenaggi, mi hanno nutrito attraverso flebo, monitorato il cuore ventiquattro ore su ventiquattro, costantemente allacciata in quel letto ho sostato per diversi giorni, interminabili notti.

La cosa più raccapricciante che ricordo, era quel letto che mi teneva in vita allacciata ad un respiratore automatico, una pompa per la respirazione, che mi aiutava a ventilare a rimanere in vita, per ogni mia assenza entrava in funzione con un sibilo, richiamando sul mio letto tutti i medici.

Appena ripresa coscienza, nel pomeriggio vennero a trovarmi in rianimazione, mamma e mio cugino, li vidi e mi commossero, volevo comunicare con loro, avrei voluto parlare dire loro quello che sentivo, ma non potevo, ero muta ed immobilizzata. Parlarono solo loro, mi dissero che, dovevo stare tranquilla, non dovevo sforzarmi, così ho fatto.

Il dì seguente, mamma mi portò un blocco notes, ora potevo comunicare con loro scrivendo. Inizia in quella circostanza un nuovo percorso di vita, che mi porta a muovere i primi passi con un metodo di comunicazione verbale scritta, che mi avrebbe accompagnato ancora per diverso tempo.

Trascorsi questi giorni in quella ghiacciaia, dalla rianimazione mi trasferirono, in reparto. Tornata nella mia stanza, non mi slacciarono, tutta allacciata collegata a monitor flebo e drenaggi mi lasciò, avevano tolto solo la pompa per la respirazione, tutto il resto rimase invariato. Rimasi in quel letto senza muovermi per un'altra settimana, con difficoltà riprendevo a mangiare solo cibo liquido e semifreddo.

La cannula aperta faceva sì che non potessi parlare.

Avevo già visto da altri imparato dalla mia compagna di letto, come si conversava con il notes, non ero brava come lei, ma a modo mio ci provavo.

Mia madre mi procurò un notes più capace, qualche volta lo usavo, spesso mi aiutavo conversavo con i miei occhi quando sveglia, inoltre attraverso quel notes comunicavo ai miei famigliari le ultime novità le mie richieste, ai più pratici agli esperti del settore bastava leggerti le labbra.

Questo contatto stretto, con il notes, in questa circostanza così tragica, ha rafforzato la mia intimità con i miei quaderni.

Non mi ero mai trovata con un muro di parole davanti, avere tanto da dire ma non sapere come fare per esporle, per rispondere per esprimermi, poiché afona non riuscivo a conversare, non potevo, la voce non avevo, ma intatto era rimasto quel contatto che si stringe tra malati.

Mi sono immedesimata in chi vive senza la parola, ed è stata una brutta esperienza, ed è bene che si sappia cosa si provi a non averla più, di punto in bianco

In queste circostanze ho pensato più volte ad altri malati, ho espresso la mia idea sulla parola che spesso usata troppo brutalmente, ma quando questa ci viene meno, allora solo allora si può comprendere quale enorme dono abbiamo, ma non sempre ce ne accorgiamo.

Sempre attraverso quel foro penetravano profumi di ogni tipo, il mio olfatto divenne una spia un ostacolo, per tutto ciò che mi circondava.

Con il trocheo arrivarono difficoltà a respirare, soprattutto quando si impuntava la secrezione, oppure l'aria o semplicemente supina tentavo di dormire.

Ero sicura che il mio Angelo Custode mi fosse vicino. La mia voglia di vincere non mi ha abbandonato, anzi da questi momenti che ho capito il coraggio, da momenti così difficili e brutti che ho compreso che non dovevo mollare la cima della fune, ma continuare a combattere per vincere anche questa triste battaglia della vita.

Chi nasce guerriero deve sempre continuare a combattere, mai arrendersi mai gettare l'ascia di guerra. Questo è un monito che mi sono imposta anni fa, ancora oggi cerco di perseguire senza traumatismi.

Riposo

Un abbraccio grato,
risana il cuore,
profumo di zagare.
(18.agosto.2013)

Dopo solo una settimana di ricovero, mi misero nuovamente in uscita dall'ospedale. Ritornata a casa dovevo aspettare che il mio cuore recuperasse tutte le sue forze, le funzioni, che risalissero gli enzimi, i dottori mi dissero che doveva riposare.

Si doveva riprendere da questo scossone, solo dopo che gli enzimi fossero rientrati, solo poi avrebbero potuto eseguire una ulteriore operazione, sperando nella buona sorte!

L'indomani venni messa in uscita, tornai a casa con la cannula inserita, per non fare un ulteriore ferito, un ulteriore taglio. Non fu facile tenere la cannula per tutto questo tempo, né tanto meno facile fu dormire, ma perseverare è umano, ed io avevo tutte le intenzioni di farcela!

Dovrà riposarsi e riprendersi per bene questo mio cuoricino, prima di superare un altro intervento a cui sottopormi. Prima della dimissione effettiva, mi attendeva un'altra visita con il cardiologo, fu lui a decidere la mia uscita, in merito l'esito finale degli esami del sangue.

Nella speranza che tutto procederà per il meglio, spero in una veloce ripresa del cuore, mi auguro che si possa presto scrivere una volta per tutte, intervento riuscito. So già che il tempo volerà, mi ritroverò qua prima di quanto io pensi.

Verso ... Casa!

Ritorno veloce,
sospirato e breve,
nel vento confina.
(18.agosto.2013)

Al mattino ancora insicura se potevo uscire o no, alle 12.00 ripetuto un dosaggio richiesto dai cardiologi si sarebbe valutato di conseguenza. Intanto i medici mi chiamarono per la medicazione, decisero in quel momento di cambiarmi calibro della cannula, metterne una più piccola, ad essa fu applicato un tappo che permise a me di poter parlare seppure con un filo di voce.

Non persi tempo per parlare, così chiamai il mio genetista di Torino, già al corrente di tutto, per aggiornarlo sulle ultime vicende che mi erano successe, non nego che con lui mi sono fatta una ricca e bella chiacchierata.

Durante questo anno ho avuto modo di valutare soprattutto una cosa fondamentale, che mi piace ricordare in questo diario. Quando iniziai ad avere le prove che il mio era un cancro, una delle cose che ho fatto è stata avvertire il mio genetista.

Credo che le persone diano spesso tutto per scontato, anche che uno studioso un medico debba sapere tutto, conoscere ogni ramificazione di una specifica malattia. Spesso si sottovaluta la collaborazione tra paziente e medico, che in più casi ho visto essere questa, un cardine essenziale nello studio e nella ricerca.

Quando la collaborazione funziona vi assicuro che è una cosa piacevole, nell'interesse del paziente e del ricercatore, vedere che le strutture collaborino per un fine comune.

Egli era al corrente di tutto, ma non dell'ultimo incidente occorso in sala operatoria, non sapeva nulla che l'adrenalina mi avesse generato un arresto cardiaco, al suo riguardo ci pensai io, durante la nostra conversazione ad aggiornarlo.

Riflettendo mi sono detta, se tutte le strutture collaborassero così fra loro, se i pazienti a loro volta fossero più aperti, vi sarebbe molta più informazione più conoscenza sia sulla sclerosi tuberosa, che su tutte le altre malattie rare in generale e, molta meno ignoranza.

Spesso mi sono trovata innanzi ad un muro, ma se molti pazienti parlassero con i loro medici specialisti, se ci fosse più ascolto su quanto ci sta accadendo, parlandone come me con il mio genetista, informandolo su ciò che stava accadendo, sui nuovi sviluppi, forse avremmo più spirito di collaborazione ed amicizia.

Ora ripensando alla lunga chiacchierata con lui, non posso che pensare bene, su quanto ci siamo detti, ed ancora una volta ribadisco che, il rapporto di fiducia medico paziente è fondamentale soprattutto se affetti da una malattia rara.

Finalmente è stato deciso, mi hanno messo in uscita, presto varcherò la porta di casa mia, finalmente! Non è lo stesso letto dell'ospedale, già potersi fare una doccia e dormire nel proprio letto per me sono una beltà.

È vero che sono a casa ma provvisoriamente, rimane sempre l'attesa che quel dannato telefono suoni, ed una voce mi dica: venga che tale giorno lei si opera!

Non nascondo, la cannula mi dà un fastidio che non credevo, la tosse nella notte non dà tregua, mi lascia letteralmente senza respiro, una tosse stizzosa.

Ho cercato di dormire su più cuscini, proprio per agevolare la respirazione, ma la tosse si impuntava non facendomi dormire egualmente.

Mi sentivo cinta, stretta intorno al collo come se qualcosa mi strozzasse, ma in realtà è solo l'irritazione dovuta al tubo, che generava quel fastidio.

Scrivo molto in realtà ma chi leggerà? Con tutta la mia volontà riuscirò a trasmettere il mio pensiero, portare a termine anche questo progetto. Questo diario di non facile lettura e comprensione, anzi, credo di difficile interpretazione, se non preparati.

Ora l'olfatto è divenuto una spia, tutti gli odori che percepisco, sono come sentori, mi avvisano. Un olfatto accentuato, un senso che ora più concentrato e più sviluppato mi guida.

Ai sensi comuni se ne era aggiunto un altro. Non era l'olfatto che il naso percepiva, la finestra sul mio corpo era aperta dalla cannula che in segreto mi spiava, da essa pervenivano aromi nausee odori profumi, tutti sapori alterati, cosa assai strana artefatta e vera.

"Terzo ricovero"

Ricordi lasciati,
il nel cassetto
briciole di memorie.
(18.agosto.2013)

Dieci giorni passarono in fretta, affannosi si sentirono marciare come gamberi in fila indiana.

Un mattino mi arrivò una telefonata, venivo avvertiva che il 09.ottobre, sarei dovuta rientrare in Istituto. Il cuore ebbe tutto il tempo per riprendersi, gli enzimi erano rientrati nella norma, non dovevamo aspettare altro.

Quel mattino di ottobre, mi presentai in ospedale alcuni volti che avevo la scorsa volta salutata, li ritrovai, altri erano andati via, avevano lasciato il posto ai nuovi pazienti.

Ogni volta che in un ricovero rincontravo un vecchio conoscente o un altro guerriero come me, era come ritrovare una parte di me stessa in un caro amico.

In ospedale si creano amicizie sodalizi si conoscono situazioni, che spesso la comunità ignora. Per comunità mi riferisco alle nostre "istituzioni", che ignorano questa triste realtà, personalmente invito a visitare reparti come questo, dove si annulla l'egoismo, dove si ritrova il rispetto dove si combatte l'uno al fianco de l'altro, con uno spirito comune di sopravvivenza; spesso nella società, nel quotidiano vivere non sempre è così, l'egoismo alla fine vince su molte situazioni, tanto che le persone smarriscono la loro umanità.

Non avrei mai pensato che la cannula avrebbe infiammato così tanto la trachea, ma così è stato, tanto è vero che i medici decisero di togliermela, poiché mi aveva infiammato tutta la parete circostante, si preferì toglierla lasciandomi respirare la pelle per qualche giorno, lasciandola sfiammare da sola senza darmi antibiotici.

Senza cannula ebbi una sensazione di libertà, che mi diede modo di riposare serenamente recuperando sonno arretrato, e come dice un vecchio adagio, chi dorme non sente dolore.

La notte giunse, stremata caddi in un sonno dal quale mi svegliai al mattino come nuova, finalmente avevo dormito, fatto tutta una tirata.

Erano giorni che la tosse mi tormentava, non mi faceva fare più un sonno così profondo.

Sicuramente la cannula che irritava la trachea disturbava anche il sonno, la stessa mi generava quella tosse stizzosa, che facevo sentire a tutti nella silente notte, qualsiasi posizione prendessi, nulla mi aiutava a calmarla.

Quella mattina una volta sveglia, iniziai a passeggiare, poi si scese per prendere un caffè insieme ad una compagna di viaggio. Risalita in stanza, ho nuovamente parlato con il professore di Torino, il mio genetista, ogni volta che l'ho sentito, in quella circostanza mi arricchiva mi tranquillizzava sempre.

Solo dopo un lungo colloquio con lui, ho capito il perché il motivo per il quale, venivo nuovamente fotografata. Non chiesi ai medici il motivo delle foto, ma parlando con il professore mi spiegò che sarebbe servito per uno scopo scientifico uno studio congiunto, tra genetica e chirurgia, inerente cancro e la sclerosi tuberosa.

Mi feci una ricca risata al telefono, dicendo in modo scherzoso:

"ora sono fotografata tutta, pian piano chiederò i diritti di autore per le prossime foto!"

Ci siamo lasciati con un sorriso, anche se corrono distanze, ma se sincero vale sempre, sempre sarà curativo.

L'anestesia per me è divenuta uno dei pericoli più imponenti; in meno di due mesi siamo alla terza che subentrerà, il pericolo di rimettermi sotto i ferri dopo lo scorso incidente al cuore, pone dubbi sull'esito e la riuscita dello stesso.

Nel pomeriggio un altro anestesista mi ha fatto visita, richiedendo a sua volta tutta una serie di accertamenti e visite specialistiche, tra cui accertamenti cardiologici, pneumologici e visita neurologici.

A mio avviso si sono volutamente cautelare, prendendo tutte le distanze e munendosi di tutte le misure necessarie e approfondire meglio il mio caso, per paura che un incidente simile al precedente potesse succedermi.

In questo frangente ho avuto modo di riflettere molto su me stessa; pensavo al mio futuro e mi sono detta e chiesta: se ora ci sono stati tutti questi problemi, quali ripercussioni avrò in un eventuale futuro? Se dovrò sottopormi ad un altro intervento? Domande che mi sono posta alle quali nessuno per ora sa dare risposta.

Di una cosa ne sono certa che, ci vorrebbe la bacchetta magica per fermare il tempo, augurandosi che d'ora in avanti non accada mai più nulla.

Subito dopo l'intervento , ho smesso di aggiornare il diario, troppo presa troppo provata, che mi son dovuta preoccupare strettamente della mia salute.

Non mi sono dimenticata di questo diario che per molto tempo mi ha fatto compagnia, soltanto che ultimamente mi sentivo troppo debole e debilitata e svogliata da non riuscire a concentrarmi ne dedicargli tempo.

Il giorno 11 ottobre venni messa in riserva per l'intervento, non erano sicuri se mi avessero, o meno operato, ma alla fine venni preparata e mi operarono.

Entrai in sala operatoria alle 15.00, ne uscii alle 21.00.

L'intervento non fu una passeggiata, ne tanto meno di poco conto, mi ero illusa mi ero sbagliata, volevo credere il contrario ma così non fu. Mi aspettava una nuova prova di coraggio, che avrei dovuto sostenere della quale avrei voluto fare volentieri a meno, ma al destino non si comanda.

Finalmente l'intervento riuscì, e permise a me di iniziare un nuovo cammino, una scalata tutta in salita, dove era d'obbligo reagire al meglio non farsi abbattere non farsi vincere dalle conseguenze, ma vincere noi su di esse. Da questa prova ne sono uscita fortificata ritemprata, con un amore incondizionato verso la mia vita.

Credo che simili prove, vissute da chi le vive, o ti demoliscono o ti danno una sferzata di coraggio. Non si scende a compromessi, da questa giostra, o si viene ricaricati o demoliti.

Per quanto mi riguarda credo che, nonostante il momento non del tutto indifferente, ne sono uscita fuori vincente, un periodo di tempo che in me ha rafforzato la stima di chi mi circondava, senza scendere a patti.

Dalle parole di mia madre, mai come ora sento amore, percepisco quel sentimento così profondo che solo tra madre e figlia esiste.

Tutte le sere dopo l'intervento, lei mi telefonava, io con la cannula inserita ed il sondino impossibilitata a parlare, ma lei non esitava dal chiamarmi, dal farmi sentire la sua voce, ogni sera ricevevo dalla telefonata la sua buonanotte, con mia madre che sussurrava:

"non parlare stai zitta, non sforzarti, mandami un messaggio se ti serve qualcosa."

"Buonanotte e sogni d'oro."

Questa breve e concisa comunicazione lei che mi parlava, io muta dall'altro capo che ascoltavo, mi ha avvicinato come ho già detto a quella splendida e coraggiosa donna, che è sempre stata, la mia mamma.

La sofferenza indiretta lei percepiva, forse non come me, non posso giudicare una mamma che non lo è, ma posso percepire un sentimento profondo e profuso che è l'Amore che non mi è mai mancato. Lei ha vinto se stessa ed io non ho tradito la sua fiducia, dandole tutta me stessa e ricaricando nel più breve tempo possibile la mia personalità.

Nella mattinata, dopo sette giorni di ricovero, per me una splendida giornata, una volta passata la visita, venni inviata in medicazione dove rimossero la cannula, e dove era il foro misero un cerotto, poi insieme ad un'altra compagna di avventura, scesi di sotto. Il sole era alto era una giornata soleggiata autunnale, splendidamente calda, che appena uscita mi è sembrata come se il sole mi accecasse la vista.

Dopo tanti giorni rivedere il sole e sentirlo scottare in volto mi sembrò bellissimo, mi parve come se lo scoprissi allora. Lo stesso sole che a volte vedevo brillare negli occhi di mia madre. In quel momento ho avuto una strana sensazione, molto bella, che mi ha toccato il cuore, riscaldandomi l'animo.

Il resto è consuetudine, si continua a mangiare dal sondino, passeggiare molto, scrivere, ma le ore più tragiche sono legate alla notte, non si dorme, quel poco anche male.

Ora che non ho più la cannula, spero di poter dormire meglio. Al di là dei rumori che nel reparto si sentono, continua la vita, conoscendo meglio le persone che, timidamente nascondono il loro male, ma una volta iniziato il dialogo si diviene complici ed amici. Tra queste persone mi sono sentita compresa, ho sperato e pregato con loro, comunicando come meglio potevo anche con chi, aveva problemi diversi dai miei.

Nella mattinata passò la visita con il Professore e tutti i suoi collaboratori. Ad un tratto il Professore si rivolse a me e chiese:

"Hai mai provato a bere da sola dal bicchiere?"

Io rimasi per un attimo sconcertata poi gli risposi:

"no professore, acqua e cibo arrivano dal sondino!"

Allora egli mi chiese:

"hai un bicchiere di carta?" "mi faresti vedere come bevi?"

Io presi il bicchiere di carta, misi dell'acqua dentro, ed eseguì quanto mi aveva detto; bere a piccoli sorsi.

Innanzi a tutti i suoi collaboratori, mi fece bere dal bicchiere, l'acqua scese giù senza causarmi tosse o andarmi di traverso. Mi ha fatto riprovare più volte, riuscivo a bere bene, non ebbi problemi di deglutizione. In quel momento sentii l'acqua scivolarmi in gola, la sensazione che provai fu di piacere.

Una freschezza infinita, come una scoperta una sete arretrata, l'acqua in quel momento l'ho sentita scendere, fresca viva nella mia gola, come fosse una sorgente che mi nasceva all'interno, ed ogni volta che vi penso provo enorme piacere.

Alla domanda del Professore, se volevo essere dimessa risposi:

"Sarà sempre meglio il mio letto di casa, che questo di ospedale, professore!"

Ora non ci restava che aspettare l'esito dell'esame istologico definitivo che avrebbe detto e stabilito quali le terapie da eseguire più adatte a me, nel mentre ogni martedì e venerdì mi sarei recata in ospedale per le opportune medicazioni.

Terminata la visita mi accompagnò in infermeria mi tolsero anche il sondino.

Per pranzo venne distribuito un vitto liquido, finalmente la tortura del sondino rimaneva solo un brutto ricordo.

Libera dal sondino e cannula, presi il cellulare chiamai casa per avvertire che l'indomani sarei uscita. Mia madre mi sentì parlare ed esultò di gioia, che terminò con un abbraccio nel pomeriggio quando mi venne a trovare in ospedale.

Si era tutti entusiasti della decisione del mio ritorno a casa, finalmente potevo ritornare alla normalità, non importava come ma che a poco a poco avrei ripreso la mia vita tra la mano. Non ci turbò il fatto che ogni martedì e venerdì avrei dovuto recarmi là, importava che tornassi a casa festeggiata più che mai, per aver concluso la prima parte, di una maratona così ardua e difficile come si può ben comprendere da queste brevi tracce.

Distrutta dal fatto che non riuscivo a chiudere occhio nel reparto, chiesi a mia madre di portarmi la maschera per gli occhi, quelle che danno in dotazione sugli aerei, quella mascherina fu una vera mano santa, come ho fatto a non pensarci prima! Indossata la sera prima di coricarmi, mi permise di riposare e dormire tutta la notte. Giunta al mattino, venni svegliata da un infermiere che mi porgeva la terapia, con tenue voce mi sussurrava:

"mi spiace svegliarti, ma devi prendere la terapia!"

Il risveglio in quel mattino fu stupendo, la notte aveva preso il nome di mattino. Ora non rimaneva altro che attendere che arrivasse mia madre.

Stranamente, mi ritrovai seduta in attesa della colazione, insolita colazione quel mattino facevo, iniziavo la riscoperta del mangiare, mentre attendevo contavo il tempo, per me ore cruciali ed iniziavo a fare il conto alla rovescia.

Questa volta i giorni del ricovero volarono come trasportati da una folata di fumo o un soffio di vento, poche ore ed avrei toccato con piede il suolo di casa mia, questo mi rendeva felice anche se sapevo bene non finiva qua.

In verità è stata una bellissima emozione quella che ho provato tornando a casa. Sarei stata adornata da persone care, non nominiamo amici che parola assai difficile.

Una cosa che mi ha fatto sorridere è stata quando mi sono immaginata la casa piena di ospiti, tra di me mi sono detta: se non potrò sorridere, a chi mi farà visita, lascerò che a farlo sia il mio cuore per me.

Mia madre giunse in ospedale con netto anticipo, anche lei presa dall'euforia, alle sette del mattino era in ospedale. Presto però dovette lasciare il reparto, aspettare altrove che facessero le pulizie le medicazioni, poi preparassero la lettera di dimissione, solo allora avrebbe potuto mandarmi a casa.

Quel mattino all'ingresso del reparto c'era un gran via vai, molti di noi uscivano, ed altrettanti entravano, ciò a dimostrazione di quanto i tumori sono in avanzamento nella società moderna.

Vuoi a causa del mal costume, dell'errata alimentazione, delle cattive abitudini di vita, lo stile di vita in questa società, le predisposizioni genetiche di una persona, altri fattori di rischio che ben tutti conoscono, tutto va a discapito di chi vive questi terrificanti traumi sulla propria pelle.

In queste circostanze come in altre, non ammetto confronti, essi mi sembrano stupidi. Mi riferisco al tumore e non, si scivola in un egoismo tale che spesso la rabbia fa salire. Nessun tumore, può essere uguale all'altro, ogni caso è un caso a se, ogni tumore ha una sua storia una sua identità un proprio marchio, per cui confronti è sciocco farne.

Se appunto questo, perché mi sono imbattuta in un discorso, in un confronto agguerrito, in cui si unificava la parola cancro o tumore, ad un unico vertice ad un'unica identità. Così non lo ritengo, per ognuno di noi è scritto un proprio capitolo, una propria carta di identità.

A casa convalescente

La tempesta pian piano si stava allontanava, aveva lasciato sul suolo un bel po' di lavoro da fare. Dovevo riassettare tutto, metterci tutta la mia buona volontà, senza perdermi d'animo.

Il primo tratto di strada in salita era fatto, l'intervento finalmente era riuscito, ora mi trovavo innanzi a me un sentiero da percorrere non meno impervio di quello già percorso, comunque, forse un po' meno impegnativo.

Finalmente giunsi a casa, non mi sembrava vero di potermi stendere sul mio letto, di mangiare come mi era stato detto, dal bicchiere, solo cibi liquidi, freddi e tiepidi. Il ritorno fu trionfale, ancora oggi vivo quelle sensazioni che mi hanno provato in quel momento.

Prima di ogni altra cosa, presi il mio cellulare e contattai il mio nutrizionista, stanca di mangiare cibi sofisticati vasetti omogeneizzati, pensai ad alternative in merito.

Le informazioni relative al cibo mi pervennero da un medico specialista in "Bioterapia nutrizionale" una scienza che aiuta il malato attraverso l'assunzione di particolari alimenti.

Sono diversi anni che ormai mi segue sotto il profilo alimentare, ed anche in questa circostanza mi ha aiutata fornendomi preparazioni semplici, molto utili soprattutto sostanziose, capaci di compensare l'apporto che avrebbe dato un vasetto di omogeneizzato, attraverso la procedura eseguita in casa, tutto veniva finalizzato affinché potessi avere da quel pasto più energia e più forza.

Il mio nutrizionista mi indicò cosa fosse più opportuno per me, cosa mangiare al posto degli omogeneizzati. Tra quegli alimenti vi erano, brodi stracciatelle, zabaioni, vellutate verdure e legumi, alimenti divenuti dei veri forzieri per me, a differenza dei loro alleati omogeneizzati, per me tanto indigesti. Mangiavo solo cibi naturali, preparati manualmente giornalmente, utili ingredienti in quel momento di debolezza, validi a rafforzare le mie difese immunitarie.

73

Mi trovavo ormai a casa, anche se dovevo viaggiare per le medicazioni questo non mi scompigliava, sapevo di stare in casa mia, cosa più bella del proprio giaciglio non vi è.

Iniziai la vita di tutti i giorni, con il computer gli amici virtuali, amici veri, casa, gioie, piaceri, improvvisamente tutto mi sembra diverso, nulla era pari prima. Credo sia accaduta una forma di metamorfosi in me, come se una voce mi sussurrasse da lontano.

Appena giunta a casa, non potei fare a meno di accendere il computer, l'attenzione che richiamava questo attrezzo su di me era enorme.

Avevo sete di notizie, di sapere quanti e quali amici mi avessero cercato durante la mia assenza, così da farmi un'idea. Volevo sondare e vedere, a chi ero mancata realmente chi di loro mi aveva pensato.

Alcuni di questi mi lasciarono dei messaggi sulla bacheca, ma possiamo contarli su una mano, gli altri nulla di fatto, intanto aprendo il computer diedi loro segno di me.

In questi mesi ho capito molte cose, alla fine ti ritrovi con un bagaglio pieno, ma solo l'esperienza è la sola maestra, non ci sono insegnanti nella Vita più validi dei tuoi passi, dei tuoi pensieri dei tuoi errori, delle tue vittorie, ad indicarti la strada.

A volte mi meraviglio di me stessa, di come ho reagito, con quanta serenità alla fine sono riuscita a combattere.

Mi pesa molto la cicatrice che ho, ma so che dovrò aspettare qualche anno per avere una protesi, sempre se sarà possibile, per ora mi accontento, so che sono qua e sto scrivendo di notte, come fosse una chiacchierata tra me e me.

Ma questa chiacchierata giungerà a voi, sarete voi a giudicarmi, io vi assicuro, non ho cambiato il mio carattere, semmai si è rinforzato.

Per un malato come me, percepire il dolore o percepire la gioia, divengono un metro nella vita. Soffrendo ho capito, che la vita è un'altalena, quando riesci a soffrire anche per chi ti sta vicino, alla fine sei riuscito anche a capire te stesso.

Da quando sono stata operata, avanti e indietro, come una trottola, la mia personalità è cambiata sono più per le mie, meno spontanea, ho capito che la gente parla bene e razzola male, soprattutto mi è più chiaro il concetto di amicizia virtuale.

Esistono molti conoscenti infiniti numeri, ma parlare di amicizia soprattutto nei network, è una parola troppo importante, spesso le vere

amicizie, quelle vissute, non si finiscono mai di comprendere, di cono-
scersi, figuriamoci se dovessimo comprendere un numero infinito.

Sono divenuta dunque più riflessiva ci penso due volte prima di
parlare o scrivere, spesso uso il mio diario, per scaricare tensioni.

Intanto, l'alimentazione a casa è tutta un'altra cosa, sapere di mangiare cibi sani non è da poco in questa società.

Passano i giorni, intanto giunge anche il referto istologico, mi viene
dato appuntamento per il collegio oncologico, che stabilirà in relazione
al referto, la terapia da farsi.

Il collegio, esaminato il mio caso, ha deciso per radioterapia 30
sedute. Nonostante la distanza non indifferente, abbiamo scelto di farla
presso lo stesso ospedale dove sono stata operata, dunque non cambiare
istituto.

Ho conosciuto persone fantastiche, che nonostante il cancro non
mancava mai a loro il sorriso, questo era semplicemente un contraccam-
bio, si contraccambiava un qualcosa che rimaneva stampato nel cuore,
io donavo un sorriso a loro come loro lo davano a me, quei sorrisi così
veri e sinceri ancora li sento vicini!

Si continuarono le medicazioni, ma in una parte della cicatrice si
era creata una sacca del siero fuoriusciva di continuo, sicché mi dovettero aspirare più volte, affinché si asciugasse la ferita.

Non sbagliarono all'inizio della nostra maratona, quando dissero
che la convalescenza sarebbe stata lunga e difficile, infatti, non ricordo
ad oggi una simile maratona.

Se non ci fosse stato l'accumulo del siero sulla ferita avrebbe cica-
trizzato da molto tempo prima. Invece problemi permettendo ho dovuto
corrervi dietro. Ad una medicazione si è proceduto diversamente, sono
riusciti finalmente a chiudermi la ferita.

Le medicazioni, sono proseguite per circa due mesi se non più, ma
non abbiamo mai perso la fiducia e la pazienza.

Una mattina mi trovandomi sola in casa, decisi così di chiamare al
telefono una carissima amica. Non rispose lei, ma suo marito, che non
mi riconobbe, talmente distorta la mia voce che gracidava come se, ad
un ingranaggio gli mancasse l'olio.

A difficoltà riuscivo a farmi sentire, non era facile parlare per me,
ne facile capirmi, le corde vocali traumatizzate dalla tracheotomia ancora non permettevano una buona fonazione. In quella circostanza ci
rimasi male e mi chiesi: per quanto tempo la mia voce sarà ancora così?

In breve, la persona all'altro capo del telefono non mi riconobbe, ed io rimasi di sasso.

Mi sono detta e chiesta:

"quanto ci vorrà che una persona riconosca la mia voce?"

Ritornerò come ero prima? Non ritornerò più sicuramente come ero prima, la mia voce un po' cambierà, ma importante che sia riconoscibile.

A volte mi sento come un pesce fuori dall'acqua, non mi riconosco, quasi non mi accetto, è un brutto momento, spero che nel tempo tutto ritornerà come prima, ma lasciamoci condurre per mano dalla speranza e nella fiducia ritroverò la mia voce.

Per molto tempo ebbi dei seri problemi di fonazione, tanto che a stento mi sentivo, poi dopo molto tempo circa otto nove mesi, ricominciai ad avere una voce più nitida, ma ammetto che me la ero vista brutta. Forse non credevo che la voce mi ritornasse, ma poi con un pizzico di ottimismo, si è presentata a me.

Avrei tanto bisogno di amici in questo momento, ma la sola e vera amica alla fine è mia madre. Lei non si spaventa della mia voce roca, forse lei, soffre come o più di me, del mio disagio, ma non me lo farà mai vedere.

Aspettavo questo giorno con ansia, quasi non vedevo l'ora di fare la Tac centraggio. Il giorno tanto atteso finalmente era giunto, mi recai per l'esame e la medicazione in ospedale con mia madre.

Chissà cosa mi credevo fosse, invece tutto si è risolto in pochi minuti. Avevano in mano una specie di gelatina calda, presero e la posero sul viso, facendo attenzione a coprire bene collo orbite e cavo orale.

Una volta indurita, che fosse fredda, la staccò, numerarono la maschera con un codice personale, mi venne detto che ogni volta che avrei fatto la radio, avrei dovuto indossare la suddetta maschera.

Uscendo dall'istituto una volta eseguita la Tac centraggio, mi sono sentita chiamare.

Una voce amica mi riconobbe e mi chiamò per nome, mi sono voltata la riconobbi, era un'amica che veniva da Taranto, operate lo stesso giorno. Ci siamo ritrovate, in quel momento, non avrei mai pensato a lei, così invece è stato, ci siamo abbracciate come per darci sostegno forza e coraggio l'una all'altra, un'emozione che sempre ricorderò con quel suo sorriso che mi veniva incontro, unite da un'amicizia dalla quale è nato un profondo rispetto tra noi.

Non tutti gli abbracci sanno essere uguali, alcuni di questi hanno la forza di annientare la sofferenza. Sono gli abbracci veri, quelli che hanno conosciuto le difficoltà, che riescono a superare le sofferenze, conosciuto il rischio, ed ora apprezzano la vita.

Sono abbracci di persone che, in ospedale, ho conosciuto mentre si lottava, entrambe per la vita, l'amicizia ci ha unito ed ha instaurato un saldo rapporto tra di noi.

Altri incontri sono susseguiti, alcuni fuggitivi, altri meno, nell'insieme tutti costruttivi. Tutti in eguale misura hanno donato una parte di loro a me, ed ogni volta che incontravo un amico, mi sentivo compresa e rinfrancata.

Vedere come procedevano come avevano preso la malattia, è stato per me uno specchio, oltre la scrittura avevo le persone i fatti che testimoniavano, dandomi la giusta dose di coraggio, quindi ogni incontro era come stringersi forte, l'uno all'altro.

Il tempo scorreva veloce, non ebbi modo di muovermi molto, sempre divisa tra casa e ospedale, ma nei momenti di vuoto ho compreso come andava riempita la vita, si prendeva una parte ma ne dava un'altra indietro.

Un avvicendamento che mi è servito nel tempo, anche per capire meglio il popolo del web, che ora grazie alla mia esperienza si è ora risanato. Un rapporto con i network si è rinsaldato, spero che duri così molto più a lungo nel tempo.

Una mossa tattica che solo il tempo ha disegnato, solo gli errori hanno fatto da scuola, frenando tutte le idee che volevano spiccare il volo senza una degna ragione.

In questo lasso di tempo ho scoperto una nuova personalità, non temo il futuro ma vivo alla giornata, vivo ogni giorno come fosse il primo, le mie giornate sono cariche di speranza, spero che questa fuoriesca anche dai miei scritti, nel mio cuore la speranza ha preso residenza.

Ora il sentimento condivide l'amore per il futuro, per la natura, per ciò che siamo e non che si è diventati.

Condivido il mio sentimento pieno di speranze che solo ora ad un anno dall'inizio della maratona ha preso piede in me, ora non mi resta altro che continuare a credere nel mio io, nella mia scrittura credere di potercela fare, senza disegnare troppo un futuro immaginario, ma vivendolo con cautela pensando al presente.

Mi sento finalmente libera, questo libro ha fatto in modo che potessi scrivere quello che provavo quello che sentivo, mi sento stranamente positiva e pronta!

Raccolta di rime e poesie

Quelle che seguono sono alcune delle tante poesie, che nel periodo suddetto ho scritto. Sono riflessioni sono rime che mi sono state dettate dal cuore nei momenti più difficili, dove con la poesia ho saputo ritrovarmi, darmi l'energia per superare ogni ostacolo.

Ne ho selezionate alcune, quelle che per me hanno più attinenza e significato con quanto scritto in questo diario, quelle che erano più in tema, con la testimonianza attuale.

Inoltre le ho elencate in ordine di tempo, così da farvi un'idea del mio carattere, della mia volubilità. L'ultima della raccolta, è anche una delle prime da me scritte nel lontano 1996, ma ho voluto inserire per il significato per ciò che essa rappresenta, scritta quando mi scoprirono la TSC, all'età di trent'anni.

Le mie paure
(25.febbraio.2013)

Conto alla rovescia,
si affaccia il lunedì,
si presta ad iniziare una nuova settimana.
Mi guardo indietro mi dico:
mamma mia quanta strada ha percorso!
Non finiva mai!!!
Progetti meglio non fare,
cerco solo di mantenere fede
alla parola data questo sì,
riprenderò in mano il lavoro iniziato,
a metà rimasto.
Non so cosa aspettarmi per il futuro,
so per certa che non voglio pensarci,
voglio solo vivere sorridere,
riprendermi il tempo che la vita ha negato,
terminare questo grande compito.
Poi una volta terminato,
mi guarderò indietro,
mi volterò esterrefatta mi dirò,
hai visto Gina, non era poi,
una missione impossibile!

Sogno
(07.ottobre.2012)

Riprenderò il sogno da dove si era interrotto,
il tempo è breve e non dura molto!
Questa volta sognerò,
sfrutterò appieno e terminerò il sogno,
qualche giorni fa stroncato.
La settimana si presta ad entrare,
sarà colma di lavori iniziati e mai completati.
Ora che sono riposata,
non vedo l'ora dormire per finire il sogno.

Introspezione
(23.giugno.2012)

Seduta su uno scoglio,
rispondo ad una domanda.
Innanzi a me solo alberi,
natura e foglie,
ed io qua sola seduta
in mezzo al bosco
mi lascio andare
ad un respiro liberatorio.
Mi domando, mi chiedo:
ma in fondo chi sono io?
Sono una foglia,
una folata di vento,
uno spicchio di sole,
un moscerino che intorno mi vola,
sono una radice in cerca di acqua,
sono un albero,
un corpo,
che in questo momento,
abita la vita di quel bosco.

La mia mamma
(31.luglio.2012)

Tra le rughe di un volto,
una mamma i suoi pensieri,
trapelano come olio,
a fior d'acqua.
Una mamma che,
nasconde ma non ruba,
che piange, che soffre,
senza farsi notare.
Oh bene,
questo è il ritratto di lei,
l'unica la sola,
in grado di rispondermi,
anche senza
formulare domanda.

Amico
(27.settembre.2012)

Amico vero,
un pregio una dote,
o forse un regalo,
che pochi sanno,
ma molti credono.
L'amico e amici,
avuti vicini,
mentre muta,
non avevo parole,
sono stati pochi.
Non chi si crede,
chi crediamo,
ma persone che,
con un sorriso,
hanno in un momento,
rallegrato e,
riempito la mia vita.

Trasparenze
(27.settembre.2012)

Una bottiglia di vetro,
trasparente come la verità,
questa è la vita!
Limpida e pura,
onesta e sincera,
ma altrettanto fragile
come il vetro.
L'acqua trasparente,
è l'elemento primo
che mi nutre,
in questo momento,
esso va rispettato,
poiché in trasparenza
intravede un corpo,
stanco e prosciugato,
trasparente e denutrito
che mai smetterà di combattere.
La trasparente bottiglia,
riuscirà sempre a strabiliarci,
con le sue forme,
la sua purezza,
la semplicità che,
ha fatto proprie.

Favola
(27.settembre.2012)

Favola da sogno,
o finta favola,
che strana la vita,
vivi nel sogno,
curi l'Amore.
Ma in realtà,
vedi e senti fiorire
da prati altri sogni,
ma non l'Amore.
Se non c'è rispetto,
mai sarà,
sempre continuerai,
sognando prati fioriti,
favole e non vivrai d'Amore.

Scrivo di notte
(27.settembre.2012)

Scrivo di notte,
mi affaccio alla finestra,
la luna lassù mi sorride.
Mi guardo intorno,
nel silenzio e mi dico:
ma che bello ricevere,
un sorriso da te oh luna!
Mentre scrivo penso,
guardando il cielo,
l'infinito spazio,
in cui si perde il nostro Io.
Mirare gli astri,
e scrivere poesie,
fa volare la fantasia,
come nulla,
e come una melodia,
svanisce nel sogno.

Silenzio
(09.ottobre.2012)

Sulle note del silenzio,
si arena il mio stanco corpo,
Appollaiato su un nuovo giaciglio.
Riversa lunga,
adagia le sue stanche membra,
serenamente si concentra,
con un foglio e una penna.
Un foglio che semplicemente,
saprà ascoltare,
sempre accoglierà,
i miei stati d'animo,
che sempre ascolterà
la voce del cuore.
In questa serenità,
le sarà facile
capire il silenzio,
le voci intorno a se.

Il dialogo
(10.ottobre.2012)

Il dialogo cresce l'uomo,
aumenta la sapienza,
e rinfranca i cuori.
Un sorriso si tuffa,
in un dialogo annega,
genera e forma,
nuove amicizie.
Un sorriso che,
sincero si mostra,
accresce il dialogo,
imposta nuovi termini.
Termini che,
difficilmente copiabili
saranno per noi,
motivo di dialogo,
accresceranno in noi la fiducia.

Sofferenza
(12.ottobre.2012)

Priva di sofferenza,
la vita non è,
stanca in un libro raccoglie,
sensazioni percezioni,
volatili come le idee,
fragili come i sogni,
ma consistenti come la vita.
Una vita seppur travagliata
serberà risorse inaspettate.
Sorprese che dalla sofferenza
fruiranno gioie,
regalandoci doni immensi.

Stiamo arrivando
(28.dicembre.2012)

Stiamo arrivando,
ormai la strada è familiare.
Vedo la macchina,
andar da se,
come un automa
riconosce la via.
Ritorno là,
ma non con fatica,
rivedrò il presepe,
gli angeli là fuori,
che ci accolgono,
ed i tanti amici
che ho conosciuto.
Umilmente con fraternità,
l'amicizia è qualcosa di più,
forse una fratellanza,
che tra di noi si è saldata.

Si Sì Si
(29.dicembre.2012)

"Si affatica la natura."
"Si spoglia dei suoi abiti."
"Si coprono i prati di brina."
"Si affacciano le prime luci."
"Si copre di neve la montagna."
"Si apre un nuovo giorno."
"Si scopre la vita."
"Sì alle montagne innevate."
"Sì al bagliore della neve."
"Sì alle stelle che illuminano accompagnano lungo la via."

Incontro all'alba
(29.dicembre.2012)

Incontro all'alba,
tra uno sbadiglio e l'altro,
si giungerà alla meta.
Sento questa giornata
ricca di emozioni e contenuti,
era tempo,
che non uscivo da quel guscio!
Oggi mi godrò appieno la vita,
mi sentirò un fiore,
sarò un tutt'uno con mia madre.
Mentre si va,
una stella ci accompagna,
lungo la via ci guida,
alla città che tanto ambita,
ora attende e freme,
da noi di essere veduta.

La natura osservo mi diverto a scrivere,
mentre il pullman ci conduce a Napoli,
una gita fuori porta che vivrò intensamente.

Ancora silenzio
(29.dicembre.2012)

Silenzio,
che nel pensiero si fonde,
nella mente crea.
Nulla più potente del silenzio,
creativo imprevedibile,
così tacito,
da non lasciar tracce,
del suo passato,
del suo futuro.

La sveglia suona
(29.gennaio.2013)

Suona la sveglia,
un trillo sordo ininterrotto,
che tanto mi turba,
tanto mi desta,
penso di spegnerla,
ma il sonno ha la meglio.
Sentire e non sentire,
è la stessa cosa,
la stanchezza ha la meglio,
anche su quel suono,
che è lì ad aspettarmi,
mentre la pigrizia,
mi avvolge in un alone,
dominandomi nel lettone,
stenta ad andarsene via,
spegnere quel trillo,
che tanto infastidisce la mente.

Dolore
(05.febbraio.2013)

Un vento freddo,
taglia il volto
dalle stanche membra
trova rifugio.
Gli occhi stentano ad aprirsi,
le lacrime
si rincorrono nel piazzale,
mentre lesta mi presto
ad attraversarlo.
I volti stanchi,
provati si incontrano qua.
La stanchezza è una comune,
una costante di questi posti,
ma tra un dialogo l'altro,
vola via la tristezza,
che nel mare della speranza,
si lascia annaspare.

Gioia
(03.03.2013)

Un'esplosione di vita,
di energia provo,
che se provassi dolore,
forse non saprei,
regalare un sorriso,
esprimere questa gioia,
che ho nel cuore.

La vita
(10.04.2013)

La vita sorretta ad un filo,
come la lama di un rasoio,
sempre in pericolo,
sempre in bilico.
La vita così preziosa che,
a volte assomiglia,
alla tela di un ragno,
alla trama di una ragnatela,
così complessa sottile,
così delicata,
che spesso ci sfugge.

La luce
(15.05.2013)

Un faro accende il cuore,
sento ancora la calda mano,
che mi stringeva a se.
Una cascata di acqua,
rinfresca la mia anima,
mentre pian piano,
prende vita il tuo ricordo.
Sento il fruscio delle onde,
del mare gonfio,
del vento carico,
che mi accarezza,
dal lento ondeggiare del mare,
mi lascio trasportare,
lascio vivere questa emozione,
questa solerte ebrezza,
gioia e immensa bellezza.
Sento come te l'adrenalina,
mentre l'acqua del mare,
a me si avvicina.
Il faro ora,
si accenderà da se,
quando in lontananza,
vedrà arrivare la tua luce,
che irradierà con essa
il mio cuore,
con il tuo unico ricordo.

Mi basta!
(19.05.2013)

Mi è bastata una carezza,
una piccola tenerezza,
a farmi scrivere queste righe.
Quella carezza,
come in uno specchio,
riflesso nella poesia,
l'ho fatta mia!
Non l'ho rubata,
so che l'avrei avuta,
ma la poesia,
mi ha letto l'animo,
in quell'istante ho scritto,
da essa mi sono sentita,
avvolta ed accarezzata.

Sole
(anno 1996)

I primi raggi di sole,
che filtrano nella mia stanza,
mi dicono che è giorno.
Mi avvertono anche gli uccellini,
con il loro animato cinguettio,
che riempie di gioia,
gli animi tristi e soli,
che mi dicono:
"sveglia... è giorno!!!"
Ma poi mi assale la tristezza,
al solo pensiero che non tutti,
sapranno comprendere,
la loro lingua melodiosa.
Bisogna saper amare la vita,
la natura e avere animo nobile,
sensibile e generoso,
per captare i segnali
che ci giungono dall'esterno,
intorno a noi.
Chi ha animo nobile,
non teme conflitti o tafferugli,
bensì temerà per i suoi figli,
che non abbiano a udire,
questa soave musica mattutina.

Alla mamma

Nascosta nei suoi occhi raggianti di luce la vita ha continuato a sorridermi, mi ha ridato la speranza, ed aiutata a condividere questa mia brutale esperienza, facendola divenire una cosa positiva.

Nulla, di fatto, nella vita accade per caso, quello che abbiamo vissuto mi ha fatto male in un primo momento, ma poi con il tempo ha rilasciato le redini e quella tensione che avevo se n'è andata, facendomi proseguire la mia strada.

Se non avessi avuto continuamente quegli occhi innanzi a me, quello sguardo fiero e sereno, mi sarei persa nei labirinti della depressione.

Così non è stato, grazie alla complicità e all'aiuto che mia Madre mi ha dato, che mi ha fatto capire in modo semplice, senza forzarmi, lasciando che dai ragionamenti ci arrivassi sola.

Per il mio bene non ha mai cessato di credere in me, mi ha sempre spronato, dato tutto l'aiuto che necessitavo, inoltre mi ha fatto capire di essere importante per lei, questo mi ha aiutato a ricredermi.

La mia è stata una riconquista, una rinascita maturata nel tempo, che si è ripreso una parte di amore celato, quell'amore che ora è più che mai una certezza una salda conferma.

Un'ode alla mamma in tutti i sensi, senza la quale non sarei oggi qua a scrivere a raccontare, ma soprattutto non sarei la donna che sono.

Tutte le altre figure, sono di riempimento in questa brutta vicenda, la sola e l'unica con la quale ha suggellato un amore unico in tutta la sua potenza è mia madre.

Non basterebbe un libro per manifestarle il mio amore, so però che basta nel quotidiano vivere dimostrare il mio rispetto, solo così, giorno dopo giorno, cercando di non tradire mai la sua fiducia, avrò saldato tutto l'amore che merita.

Riflessioni sulla vita

In attesa di proseguire la strada, sapendo bene che avrei dovuto fare sosta su diverse tappe, della quale era piena la mia agenda, iniziai a colmare periodi di vuoto, cercando di riassettare la mia vita, che la tempesta aveva fino allora sconvolto.

Radunai tutte le forze, mi dissi pronta, dovevo iniziare, fare un poco di pulizia nella mente, troppo frastornata e talvolta svogliata.

Ancora una volta mia madre mi spinse, mi aiutò, così mi armai di tutto punto, e diedi un nuovo impulso alla mia vita.

In dicembre ho compiuto gli anni, il mio quarantaseiesimo compleanno l'ho festeggiato con una festa clamorosa, con i miei cari.

Eravamo in tanti, anche se non potevo mangiare allo stesso modo, nella medesima quantità, poco importava per me essere alla pari di loro.

La cosa più bella che sentivo era la presenza, io c'ero, ero la in mezzo ai miei ampiamente acclamato. Questo mi fece stare magnificamente bene, tanto da lasciarmi un ricordo, un'immagine stupenda, di una festa così armoniosa, così viva ed unita.

Quando arrivarono le torte, fu il momento più toccante della serata. In una delle due, avevo fatto scrivere al posto del consueto "Buon Compleanno" "Eccomi qua ci sono ancora!" Alcuni dei presenti, si commossero, mentre mia madre innanzi loro dissero:

"Per me, oggi sei rinata tre volte!"

Regalo più grande di queste parole non potei ricevere, non credo che riceverò mai in vita mia parole che assomiglino in parte a quelle usate da mia madre.

Verso gennaio ci pensò nuovamente lui a darmi un ulteriore sprint, lo psicologo. Questa volta ci andai tanto per farmi vedere, non ne avevo necessità, ma avevo il piacere di andarlo a trovare, così fu. L'incontro come sempre fu costruttivo, come potrebbe non essere diversamente?

La radioterapia

La convalescenza volò via, neanche mi resi conto, di quanto il tempo fosse volato che mi trovavo a dover riavvolgere un nuovo capitolo, una nuova prova mi voleva parte in causa, la radioterapia con la quale dover fare i conti d'ora in avanti.

Iniziavo anche a fare la radioterapia, per me la prima volta, non avevo la benché minima idea di come andava fatta. Mi dissero solo, quando mi effettuarono la tac centraggio, che la maschera sarebbe servita in seguito per le applicazioni di radio, ma non avevo la benché minima idea.

Rammento che, anche in quel periodo ho vissuto momenti terribili, sensazioni non di meno all'intervento, complicazioni subentrate mentre si faceva la radioterapia.

Nella mia vita era la prima volta che mi sottoponevo a tali terapie e massacranti prove.

Su un soggetto normale sarebbe stata eseguita anche la chemioterapia, per la gravità dello stadio, ciò non avvenne nel mio caso, come sconsigliata in tutti i soggetti affetti da TSC, per le innumerevoli controindicazioni che essa riporta.

Così mi venne fatta solo la radioterapia con il massimo grado di radiazioni possibili, proprio per sconfiggere e bruciare tutte le cellule ancora viventi, una terapia molto potente e mirata vista la sede e la vastità della lesione.

La terapia durò per un periodo di circa sei settimane. Ricordo poco e male di quel periodo, un momento della vita che mi ha vista parte di una ulteriore prova, di giorni molto pesanti, senza sosta, senza tregua, e molto snervanti.

Ogni mattino dovevo recarmi in ospedale per la radioterapia. In quel periodo le mie energie erano completamente nulla, erano a terra, la mente vuota sempre in cerca di relax andava, cercava il riposo come il corpo stanco, esso tentava di recuperare le forze che non aveva più, così per un po' mi astenni dallo scrivere questo diario, non avevo le capacità le forze e la mente per poter scrivere.

Quasi sei settimane sono trascorse, la radioterapia ho quasi terminato, ed io finalmente mi sono sentita al richiamo della penna, ho ripreso a scrivere il mio diario, lo ho aggiornato su quanto accaduto 15.02.2013.

In quelle turgide mattinate, arrivavo molto presto in ospedale per la terapia, da quel momento non sono riuscita più a scrivere nulla, neppure nel quaderno degli appunti che sempre portavo con me.

Gli occhi si chiudevano, avevo la mente vuota, non mi riusciva a concentrarla, mi sentivo frastornata, ma cosa più grave per me che, anche l'immaginazione era andata in letargo, insieme al mio estro ed alla mia ispirazione.

Nella notte spesso scrivevo pensieri, quando tutto intorno a me era raccolto dal silenzio. Ancora oggi la notte è per me una fedele ispiratrice consolatrice amica, non saprei come definirla.

In quel periodo la notte fungeva da trasporto come se aspettassi ad una fermata che arrivasse il mio autobus di linea, oppure fissavo il cielo in attesa che passasse la mia stella tra le stelle. Nella notte, così attendevo di poter scrivere, di tirare fuori l'estro e viaggiare con la fantasia, l'ho definita molte volte poesia, magia, un animo che a spasso tra le nuvole fugge via.

Ho avuto modo di guardarmi attorno svariate volte mentre mi recavo in ospedale, confido che in questi posti la fraternità e l'amicizia che si sono instaurate sono molto sentite. Nei momenti di calma, valeva più una parola tra chi sa capire il tuo sconforto chi sa leggere il tuo stesso disagio, le tue difficoltà nel dialogare, attraverso un confronto diretto o verbale, che non isolarsi per scrivere.

Un giorno scrissi e pubblicai sul web un pensiero, una rima, una mia sensazione, venne definita bella ma molto triste. Ciò scatenò in me una reazione di scontento, dietro quella rima nascondevo la mia misera anima, impaurita che non vedeva l'ora di chiudere anche questa triste parentesi.

Mi rattristava anche a me andare là ogni mattina, ma non avevo scampo, non era un giorno ormai che si andava, non lo decidevo io, ma una necessità!

Non fu facile accettare anche questo confronto diretto con la radioterapia, che per sei settimane mi avrebbe fatto compagnia, avanti indietro, ma dovetti sfoderare tutta la mia serenità la positività, cercando di guardare avanti come mi era stato detto dallo psicologo.

Con tutta la serenità che possedevo per quanto positiva fossi, la verità emergeva nella rima, la preoccupazione lasciava trasparire.

Dunque come fare a non pensare, ad essere indifferenti in visione di quanto? Non sarei stata onesta con me stessa ne umana, se avessi asserito il contrario, avessi mentito all'evidenza, ma purtroppo di carne ed ossa siamo fatti, i miei pensieri nessuno li può legare!

In quei giorni di terapia, giungevo a casa stremata, sfinita lesta mi coricavo; se non procedevo al riposo immediato mi addormentavo in piedi. Fare la radioterapia con la maschera, è stato molto ma molto invasivo, non esagero se lo dico!

Ho riflettuto molto sul tipo di terapia, raccontandolo come veniva eseguita anche ad alcuni amici che duellano con me la TSC.

Più di una volta mi sono chiesta:

"Quanti ragazzi malati come me di TSC starebbero buoni, resisterebbero alla terapia legati come salami sopra un lettino? Con quel rumore assordante nelle orecchie, per quindici lunghissimi minuti, per sessanta sedute consecutive?"

Sembra un'operazione matematica, ma di matematico vi erano i calcoli tecnici, nella realtà non vi era nulla di matematico, sapevo che ogni giorno dovevo indossare per quindici minuti la maschera.

Non so quanti avrebbero la costanza la pazienza, per sostare ad una tale tortura, spero con tutto il cuore che non serva a nessuno!

Una volta salita sopra il lettino, mi facevano indossare il calco, la maschera a nido d'ape, essa veniva appoggiata bene indossato dal viso, poi stretta sotto lo stesso lettino affinché non si muovesse, restavo ferma ed immobile in quei quindici interminabili minuti.

Una terapia che ha provocato non pochi effetti collaterali, ustionandomi dentro e fuori, le lesioni più gravi soprattutto all'interno, dove si bersagliava di più per uccidere le cellule maligne, la ebbero peggiori effetti indesiderati da questo tipo di terapia.

Ora le ustioni sulla pelle sono sparite, essa si è rinnovata, ma le ulcere interne sono rimaste, piano piano spariranno anche loro, in ogni modo mi è stato riferito di fare molta attenzione al sole, tanto amico per la vita, quanto nemico in certe situazioni.

In ogni modo la radioterapia mi ha dato un'ulteriore terribile prova di resistenza e coraggio, che il mio corpo ha provato in tutti i sensi. Terminata la radioterapia, causa le ulcere interne, ho perso ulteriore peso.

Ora l'abito è scarno, spoglio delle sue foglie, ma come un albero anche se secco è pieno di vita, così mi sento.

A distanza di due mesi dalla fine della radio, maggio, mentre aggiorno il Diario, posso dire che mi è stato utile seguire la terapia dell'animo come suggeritomi, questo lo affermo rileggendomi in questa mia testimonianza.

Conclusioni

Naturalmente non può finire qua, da ora in avanti seguiranno controlli medici, appuntamenti saranno scanditi dal tempo, la precisione e la puntualità questa volta non lasceranno il posto alla superficialità, sarò molto più attenta e difficilmente dimenticherò un appuntamento o una visita.

Dopo una maratona di questo tipo, dopo un così terribile anno, la lezione è stata chiara, non si può scherzare con la vita, o trascurare un tema così delicato come quello della salute, in questo specifico caso del cancro.

A distanza di un anno esatto da quando prese il via questa terza maratona, mi ritrovo qua seduta scrivendo su di me e come sono oggi.

Dopo circa un anno la valutazione che faccio, mi viene spontanea, è racchiusa in una domanda:

"cosa mi ha lasciato il tumore."

La mia maratona non mi ha dato molto tempo per divertirmi, per darmi allo spasso, ho dovuto correre contro vento, affrontare nuvole cariche di pioggia, sfidato il tempo, accettato la vita, infine ho accettato una nuova persona.

In verità non saprei come definirmi, di norma lascio che i giudizi li diano gli altri, personalmente mi sento una donna molto determinata coraggiosa in pieno vigore di vita, anche rinnovata, rifiorita, forse ora mi sono ritrovata!

Mi sento di dare molto a chi merita, riesco ad essere sensibile con chi lo è con me, riesco a mia volta capire chi colpito da cancro e cosa in realtà provi.

Alle persone a me vicine posso dire di essere, ora ancora, più vicina a loro, di aver dato e avuto tanto, anche pagando in moneta di sofferenza.

Credo che tutto questo sia anche merito del libro che ho scritto, dello sprint che non mi è mai mancato in questo momento così crudele, del coraggio riconfermato dei miei cari, dalla stima ricevuta che mi ha appagato, mai mi ha lasciato.

Non mi cambierei in alcun modo e con nessuno, sono felicemente fiera della mia personalità del mio carattere guerriero, del mio cammino così intrapreso.

Tutto merito dell'amore della mia mamma, come me combattiva, di tutte le persone umili che ho incontrato, di quelle persone sincere che sono state vicine, che ci tengo a dire, quando si sa comprendere il sacrificio, il dolore, ma contemporaneamente non ci si priva di gioie, ma si condividono, si ha tutto dalla vita anche se il dolore prova a sopprimerci.

Ma tumore a parte, ora è rimasto un brutto ricordo, che il vestito più importante, la pelle mi lascia vedere indossato; non mi arrendo e questi cercherò nel tempo di ovviare anche a questi inestetismi, rimediando ed evitando di sottopormi ad ulteriori stress, alimentandomi semplicemente e bene ed infine provvederò anche ad eliminare questo brutto vestito dal guardaroba.

Per ora lasciamo fare al tempo, la fiducia ne avevo prima ne ho ora da vendere, sicché non ho fretta. Per ora lasciamo svanire ogni taccia del passato dalla mente, piano piano mi lascerò alle spalle tutto questo, farò dissolvere nel ricordo anche questo anno, che figurerà come un flebile lampo nella deserta prateria.

Da parte mia la buona volontà sul mio cammino c'è, non intendo fermarmi ne arrendermi, l'impegno sarà una costante nella vita, senza la quale difficile intraprendere e intravedere ogni iniziativa futura.

Da maggio 2012 molte cose sono cambiate su di me, alla figura robusta una più esile e scarna si è sostituita, ma guardandomi allo specchio vedo sempre la stessa persona di prima, sicuramente ora più combattiva, determinata, riflessiva, in sincerità più schietta, molte cose che erano celate ora le vedo.

Inizialmente non mi piacevo, ma con il tempo ho imparato ad accettarmi, ed ora non so vedermi diversa, so bene che molto dipende da me, dal mio pensiero positivo, le energie ci sono tutte le scrivo sperando che vengano recepite.

Accettarsi, equivale ad una vittoria, ed ogni volta che ho accettato una mia malattia, un mio disagio ho accettato me stessa, senza pesare ulteriormente sui miei famigliari.

Questo mi capitò quando per la prima volta nella vita, dovetti accettare di avere una malattia rara, ora invece ho accettato tutte le varianti morfologiche che il cancro ha portato in me, senza gravare sui miei famigliari.

Mi sento rinnovata e non più lacrime ma sorrisi, non più spaventata ma serena, ora sono così ritrovate. La sfida nel raccontarmi è stata un valido aiuto psicologico, dalla quale prenderanno il volo numerose altre iniziative.

In questo diario ho provato a scrivere ascoltando il mio cuore, scrivendo poesie, partecipando con la mente mi sono sentita una donna attiva ed entusiasta. Di tentativi ne ho fatti per concludere una frase o una rima, come un musicista che prova, un pittore che disegna e fa le bozze, come un artista in generale crea.

Non sempre è stato facile trovare una rima o un nesso, così per me, non sempre le parole sono giuste, spesso sono caduta nella ripetitività, ma chi è alle prime armi credo ciò sia normale, soprattutto in chi non ha mai scritto come me.

Scrivere questo libro lo ho paragonato alla conquista di una vetta. Dove non è necessario arrivare solo con le gambe, ma anche con la mente.

Quindi una volta in cima, ridiscendere a valle con una carica in più, una libertà che si conquista lassù, ad un passo dal cielo, dove tutto è vicino dove tutto è lontano.

Così questo libro lo è stato per me, la prima volta che scalo una vetta di questo tipo, per me una sensazione semplicemente stupenda.

Ho imparato a non camminare sui precipizi, ma costeggiare burroni seguendo i sentieri. Ho cercato di non andare su strade impervie, di affrontare tempeste, mutamenti, bruschi cambiamenti, tutto mi è servito, un'esperienza unica sotto ogni punto di vista.

Il mio racconto è come un labirinto di vita, che per comprenderlo appieno dovrete immergervi nella parte, fatti e situazioni accadute in esso riportati, fanno comprendere e capire come si può uscire da situazioni difficilissime aiutandosi ed accettando aiuto da chi più vi è vicino collaborandoci, facendo così emergere il vostro carattere.

Attraverso la scrittura e la narrazione, sono riuscita a trasmettere moltissimo a me stessa, in autostima e coraggio, un progetto innovativo quanto mai semplice, che si allarga a macchia di olio su più su tutti i fronti e prende il nome di medicina narrativa, ciò mi piace e mi completa, ora tocca a voi prendere esempio da queste righe.

Il solo fatto di rileggermi di tanto in tanto, mi funge ogni volta da medicina, comprendo da me stessa quali i disagi, quali le gioie, i pregi i difetti, quale forza quale costanza, mi guidano per mano dicendomi: segui la tua traccia, la tua scrittura, mai ti deluderà.

Ringraziamenti

Ho conosciuto nel 2004, in un IRCCS, il mio psicologo, quando ho avuto bisogno di lui, mi ha sempre aiutato con il semplice dialogo. Con lui ho intrapreso un cammino che ad oggi, mai si è interrotto.

Questo rapporto, per me molto costruttivo lo è tuttora, fondamentale per la mia persona, avere con questa persona un dialogo, mi dà sicurezza, fiducia in quanto sempre apprezzato le mie parole. Una fiducia costruita nel tempo e sempre ricambiata, fondamentale nella costruzione delle nostre chiacchierate.

Quando si è sinceri con se stessi, il nostro io lo risente, anche il rapporto che si instaura con lo psicologo acquisisce più complicità e diviene più utile, per cui esso agirà meglio di un farmaco, e saprà aiutarci come lo è stato per me, in questo terrificante anno sempre tenendomi la mano.

Quella voce ha il dono della serenità, riesce a far riflettere anche nelle situazioni più impensate.

Solo parlandoci per telefono mi sono sentita rasserenata, sono anni che seguo le sue orme, mai farò a meno della sua ombra.

La sua ombra, nonché la mia coscienza, ma spetta a me far emergere la forza il coraggio di accettare la realtà, la malattia, le diversità, andare avanti.

Sono fiera lucida come non sono mai stata, forse perché quel sogno nel cassetto non era poi tanto lontano da me!

Era lì ad aspettarmi, ed ora si sta materializzando, ed io sono fiera di me stessa. Queste brevi righe scritte dopo averlo sentito, dopo la sua chiamata, che mi ha sorpreso ed eccitata, formalmente la ringrazio, Presidente della Fondazione Neurone, nonché mio psicologo, che ha sostenuto e reso possibile questo progetto.

Ringrazio per avermi sempre dato fiducia, rendendo possibile il tutto alla luce del giorno.

Desidero ringraziare la Fondazione Neurone, che si adopera ogni giorno, per la ricerca nella cura nel soggetto nella ricerca e cura e nel sostegno delle malattie neuro degenerative.

Ringraziando me stessa per la capacità l'impegno e la costanza che mi hanno aiutato nel portare a termine questo progetto che è servito come trampolino di lancio. Farò felice gli amici che leggeranno ed in me si immedesimeranno figurando il testo, come probabile ed eventuale progetto d'aggiornamento nella Sclerosi Tuberosa.

Ringrazio chi mi leggerà, tutti Voi ed auguro ad ogni lettore, una Buona Vita.

Eccomi ci sono ancora